KB105825

괴들남의 **현실공포**

❸ 낯선 여자의 위험한 초대

괴들남의 **현실공포**

③ 낯선 여자의 위험한 초대

괴들남(김성덕) 지음

BOOKER

 들어가며 **당신의 일상이 공포가 될 때**

TV 프로그램 〈전설의 고향〉을 아는가? 〈토요 미스테리 극장〉이나 〈이야기 속으로〉는? 나는 어린 시절 이런 프로그램을 보고 자랐다. 그리고 어른이 된 지금은 유튜브 채널 〈괴들남 공포 이야기〉에서 무서운 이야기를 들려주고 있다. 괴들남은 '괴담 들려주는 남자'의 줄임말이다.

이 채널은 수많은 사람이 제보한 실제 경험담을 나누는 곳이다. 자연스럽게 다양한 괴담을 접하게 되었고 세상에는 상상할 수 없을 만큼 소름 끼치는 사연이 있다는 것을 매일 깨닫고 있다. 설명하기 힘든 현상, 사람이 무서운 이야기 등이 가득하지만 그중에서 가장 두려운 것은 일상생활에서 소름 돋는 일이 일어났을 때라고 생각한다.

《괴들남의 현실공포》는 가장 인기 있는 현실공포 사연을 모아서 엮었다. 또한 유튜브에서는 다룬 적 없는 미공개 에피소드도 수록했다. 이 책은 눈에 보이지 않는 존재로 인한 섬뜩하고 충격적인 이야기, 이해하고 나면 더욱 무서운 이야기, 보는 관점에 따라 안타깝고 애처롭게 느낄 수 있는 이야기가 담겨 있다. 사연자들이 직접 겪은 생생한 실화 경험담을 읽다 보면 진정한 공포를 느끼게 될 것이다.

2023년 4월
괴담 들려주는 남자, 김성덕

차례

유명한 모텔

2007년 늦은 여름 울산에 있는 모텔에서 경험했던 이야기입니다. 저는 서울에 살았고 여자친구는 울산에 살았습니다. 소위 말하는 장거리 연애였죠. 매달 서울과 울산을 오가느라 왕복 10시간을 투자하며 만났습니다. 장거리 연애 중인 저희는 편히 있을 공간이 필요할 때면 모텔을 이용했습니다. 누워서 TV도 볼 수 있고 냉난방도 충분한 공간이 집 밖에서는 모텔뿐이거든요.

그러다 여름 휴가철이 되었죠. 저희에게는 평소와 그다지 다를 게 없었지만 휴가철이라 대부분의 숙박업소가 성수기 요금을 요구하더군요. 평소에는 사람 없던 한적한 해변가일지라도 인파로 바글바글했고요. 아무튼 마음에 들지 않는 늦여름 밤이었습니다. 여느 때처럼 2박을 할 예정으로 숙소를 잡는데 그날은 유난히 "방이 다 찼어요"라는 이유로 발걸음을 계속 옮겨야 했죠. 한 곳, 두 곳 방이 없다는 대답을 들을 때마다 조바심이 났습니다.

"이러다가 진짜 노숙이라도 하겠는데?"

"그러게. 큰일이다."

한참을 헤매던 도중 네 번째로 찾은 업소에서 방이 남아 있다는 답을 들을 수 있었어요. 환호를 지르며 여자 친구를 보고는 미소를 지었습니다. 그런데 다른 곳과 달리 이곳은 성수기 요금을 받지 않더군요. 저렴한 숙박비에 놀라며 203호 열쇠를 받아들고 엘리베이터를 탔죠. 좋은 가격에 놀란 저희는 사장님 말이 바뀌기 전에 후다

닥 방으로 들어와 씻는 둥 마는 둥 하며 떠들었어요.

"와, 기적이다! 역시 신이 우릴 버리지 않았어."

저희는 들떠서 침대에 누웠죠. 그때까진 참 좋았어요. 노숙이라도 할 상황이었는데 방을 구했다는 것과 정말 좋은 곳인데도 헐값에 들어왔다는 것 두 가지만으로도 횡재했다고 생각했어요. 그리고 간단히 세수와 양치를 한 뒤 내일을 위해 바로 깊은 잠에 들었을 무렵, 여자친구가 뒤척이는 걸 느끼면서 저도 잠에서 깼죠. 화장실을 가려나 보다 하고 다시 잠에 들려고 하는데 잠꼬대 비스무리하게 외치더군요.

"오빠 욕실 문이 안 열려."

저 역시 비몽사몽 잠결인지라 '문이 좀 낡아서 그런가' 하고 일어나서 욕실로 다가갔죠. 그리고 문고리를 잡고 살짝 당겨보았는데 느낌이 이상했습니다. 그 순간 잠이 확 깼죠. 그 당시 느낌을 어떻게 설명해야 할지 모르겠는데, 뭐랄까, 문이라는 것이 보통 손잡이를 반쯤 돌리고 내 쪽으로 당기면 열리지 않습니까? 그런데 분명

손잡이는 돌아가는데 당겨지질 않았어요. 마치 안에서 누군가가 손잡이를 잡고 체중을 실어서 매달린 상태로 당기고 있는 느낌이랄까요? 살짝은 당겨졌으나 그건 느낌뿐이고 묵직한 감각이 느껴지면서 문은 열리지 않았습니다. 불과 몇 초 만의 일이었지만 그 순간은 한여름인데도 불구하고 순식간에 발끝부터 얼굴까지 얼어붙는 듯한 느낌이 들었어요.

그렇지만 저보다 수백만 배는 더 겁이 많은 여친이 옆에 있는 상황인데 제가 그 심정을 표현해버리면 100퍼센트 뜬 눈으로 밤을 새워야 할 것 같았죠. 아니면 이 방에서 나가자고 할 게 분명했어요. 다행히 모텔 방은 어두운 조명만 켜져 있었기에 제 표정을 들키진 않았습니다. 다시 한 번 문고리를 잡고 심호흡을 하고, 마음속으로 하나둘셋을 외치면서 힘껏 당겼습니다. '누군가 문고리에 매달려서 튀어 나오기라도 하겠지'라는 말도 안되는 생각을 하면서요. 그래서 누가 튀어 나왔냐고요? 아뇨, 아무 일도 없었죠. 죽을 힘을 준 만큼 문이 순식간에 활짝 열렸고 욕실은 깨끗했습니다. 오히려 여자친구는 그냥 열면 되는데 왜 오버하냐는 표정이었어요.

볼일이 급했는지 잽싸게 들어가려는 여자친구를 잠시 세우고 제가 먼저 들어갔습니다. 아무래도 뭔가 이상했기 때문이죠. 슬쩍 둘러봐도 이상한 건 하나도 없었어요. 아니, 딱 하나 있었죠. 세면대에 방금 전까지 물이 가득 차 있었던 것처럼 물방울의 흔적이 남아 있었어요. 더불어 세면대 주변은 흠뻑 젖어 있었고요. 방금 누군가 머리를 감은 듯이 말이죠.

장거리 연애를 오래 한 터라 숙박업소를 주기적으로 다녔고, 입실 후엔 항상 침대 시트를 확인하고 바로 욕실과 화장실을 확인하는 게 버릇이 되어 있었습니다. 분명히 그날도 오자마자 욕실을 확인했고 뽀송뽀송하게 청소되어 있는 것을 체크했죠. 간단한 세수와 양치는 침대 옆에 있는 작은 세면대에서 했었고요. 게다가 제가 여자친구보다 늦게 잠들었기 때문에 아무도 욕실을 쓴 사람이 없었어요. 혹시 몰라서 여자친구에게 물었죠.

"나 잠든 후에 욕실 쓴 적 있어?"

"아니, 나 방금 일어난 거야."

불과 1분 전 화장실 문손잡이 너머로 느껴졌던 이상한 무게감과 화장실 바닥에 누군가 사용한 흔적……. 그럴 수도 있다고 넘기려고 해도 찜찜한 느낌은 지워지지 않았죠. 볼일을 다 보고 나온 여자친구는 아무 일도 없던 것처럼 바로 잠들어버렸고 저 역시 내일 데이트 일정이 있었기에 석연치 않았지만 생각을 접고 잠을 잤습니다.

다음날, 날이 밝고 휴대폰 알람이 울리자 눈을 떠 아직 잠들어 있는 여자친구를 반강제로 깨우고 외출 준비를 했습니다. 그러고 나서 지금까지 절대로 잊을 수 없는 끔찍한 것을 보고야 말았습니다. 저는 언제나처럼 빠르게 퇴실 준비를 마친 상태였습니다. 저야 화장을 하는 것도 아니고 머리가 길어서 말리는 데 오래 걸리는 것도 아니니까요. 여자친구는 화장대 앞에서 콤팩트 거울을 보며 화장을 하고 있었고 전 뒤에 서서 여자친구의 머리를 말려주고 있었어요.

"오늘 날씨 되게 더울 거 같은데, 계획 좀 줄이고 저녁 때 놀까?"

"안 돼. 1분이 1시간 같아. 서울에서부터 왕복 10시간이야. 계획 변경은 안 돼."

이런저런 대화를 나누면서 여자친구는 화장에 열중이고 저는 숱이 많던 여자친구의 머리를 말려주고 있었습니다. 그런데 갑자기 드라이기가 과열되면서 전원이 차단되었고 저는 문득 고개를 들었다가 모텔 화장대 거울을 무심코 보게 되었죠. 거울 정면엔 퀸 사이즈의 침대만 보여야 정상인데, 아직도 생각하면 숨이 턱하고 막히는 게 보였습니다. 새하얀 침대 시트 위에는 까만 단발머리에 짙은 회색 반소매 티셔츠를 입은 여자가 앉아서 저를 응시하고 있었죠. 소리를 지를 수도 없이 놀랐고 너무 무섭다 보니 온몸이 마비되는 것처럼 그냥 굳었습니다.

그 여자의 시선과 마주친 채로 고개도 돌릴 수 없이

경직되었고 할 수 있는 행동이라고는 눈을 감는 것밖에 없었어요. 그 순간에도 겁 많은 여자친구를 생각해서 어떠한 표현도 하지 않고 눈만 질끈 감았습니다. 드라이기는 갑자기 멈추고, 대화도 끊기자 손거울만 보며 화장하던 여자친구가 이야기하더군요.

"뭐야, 왜 대답이 없어? 닭갈비는 저녁에 먹어? 아니면 점심에 먹고 저녁에 술 한잔해? 응? 응?"

그 소리에 정신이 들어 실눈을 살짝 떴는데 그 여자는 거울 속 침대 위에 그대로 있었습니다. 그 순간 무의식적으로 손가락에 힘이 들어갔고 드라이기가 소리를 내며 다시 작동했죠.

'귀신을 봤다. 빨리 여기서 나가자.'

속으로 다짐하며 고개를 푹 숙이고 여자친구의 머리를 마무리해준 뒤 잽싸게 짐을 꾸려 그 모텔을 나왔습니다. 유난히도 이상했던 제 행동에 여자친구는 "왜 그래? 화났어? 말을 해봐, 좀!"이라며 꼬치꼬치 물어봤지만 아무것도 아니라며 둘러대고 예정된 데이트를 즐기고 서울로 올라왔습니다. 솔직히 제가 담력이 세다고 해도 정체를 알 수 없는 여자와 정면으로 눈이 마주친 채로 사라지지 않는 상황이었는데 무섭지 않을 리 없었죠. 너무나 끔찍한 기억이라 그런지 잊히지 않았지만 다시 현실로 돌아왔습니다.

그런데…… 이렇게 끝인 줄로만 알았는데……. 그 후 긴가민가할 정도로 기억에서 흐려질 무렵, 반년쯤 지난 추운 겨울이었습니다. 인터넷에서 숙박업소 리뷰를 다루는 커뮤니티를 알게 되어 살펴보는 중이었죠.

'호오, 여기 괜찮은데?'

자주 가는 지역의 업체들을 찾아보던 중 무심코 클릭했던 모텔의 건물 외관 사진을 보고 멈칫했습니다. 그러고는 바로 뒤로 가기를 눌러 업체명을 확인했죠. 모텔 외관은 분명히 언젠가 봤던 기억이 났어요. 그런데 모텔 이름이 생소한 거예요. 긴가민가하던 중 문득 생각났습니다. 약 반 년 전에 들어갔다가 뛰쳐나오다시피 했던 그곳이었습니다.

"말도 안 돼."

다시 한번 찬찬히 확인한 뒤 댓글을 클릭했고, 저는
놀랐습니다. 그때 그 여자를 저만 본 게 아니었죠. 댓글
에는 이렇게 적혀 있었어요.

— 간판 바꾸면 눈치 못 챌 줄 알아?
— 나는 복도에서 봤는데.
— 여긴 이미 소문 날 대로 난 귀신 출몰지잖아.

이미 모텔 관계자와 커뮤니티 운영자 사이에 모종
의 거래가 있었는지 댓글 일부가 지워져 있었고 거기에
항의하는 댓글도 틈틈이 볼 수 있었어요. 그 지역 토박
이인 지인에게 물으니 지인 역시 알고 있는 내용이었죠.
모텔 이름을 이야기하기도 전에 단박에 알아차리고는
"너도 거기 갔었냐? 임마, 거기 유명해"라며 웃더군요.
그곳은 지금도 영업하고 있다고 합니다. 간판만 바뀐 채
로요.

그 후로는 별 탈 없이 살고 있냐고요? 아뇨. 비슷한 일을 한 번 더 겪게 됩니다. 모텔 사건으로부터 1년 후, 저희 집 근처에 친구 녀석이 작은 횟집을 열었어요. 주위에 친한 친구들이 워낙 몰려 살고 있었고 개업한 지도 얼마 안 된 터라 매일 손님 중 절반은 친구들이었다고 봐도 무방했죠. 물론 저 역시 집 바로 앞이라는 핑계로 매일 밤 들렀고, 손님이 많을 땐 서빙을, 배달이 밀리면 배달을 가주곤 했습니다.

그날 밤 역시 그렇게 친구들 4명과 야외 테이블 하나를 잡고 우럭 매운탕에 술 한잔하며 이런저런 얘기를 나눴어요. 문득 1년 전 울산 모텔에서 있었던 일이 떠올라 친구들에게 이야기했어요. 쉽게 겪을 수 있는 일이 아니었고, 게다가 술을 얼큰하게 먹은 상태라 그런지 친구들 반응은 평소보다 더 격했죠.

그렇게 빈 술병은 늘어가고 저희도 취하길 몇 시간…… 술도 어느 정도 먹었겠다, 더이상 오는 손님도 없겠다, 오늘은 사장 녀석도 가게 문 닫고 해장국집에 가서 한잔 더하자는 얘기와 함께 가게 뒷정리를 도와주고 있었죠. 이미 오픈 때부터 일손으로 나섰던 터라 별다른 지시 없이도 야외 테이블 정리하고, 술병 정리하고, 친구들 손발이 척척 맞았어요.

한참 정리하던 중 볼일이 급해서 저는 화장실로 향했습니다. 횟집 화장실은 매장 안쪽에 딸려 있었죠. 화장실 손잡이를 돌렸는데 문이 잠겨 있었습니다. 노크했더니 안에서 응답이 들리길래 "어? 누구지?" 하고 뒤를 돌아봤어요. 야외 테이블 치우는데 4명, 가게 주인 친구하나, 그리고 친구 셋. 아까부터 술잔을 기울이던 멤버그대로 있었죠. 모두 제 눈앞에 있으니 화장실에는 아무도 없어야 정상인데 이상했어요. 저는 친구들에게 이야기했습니다.

"야, 우리 말고 누구 왔냐?"

"아니? 왜?"

"화장실에 누구 있는데?"

저는 바로 뒤를 돌아 다시 노크했습니다.

'똑똑.'

'똑똑.'

선명한 노크 소리. 저만 들은 게 아니었어요. 가게 주인인 친구가 순간 황당한 표정으로 저를 밀치더니 주먹으로 문을 두드렸죠. 뭔가 이상한 걸 느낀 친구 녀석은 문을 꽉 잡더니 있는 힘껏 열었고 역시나 열린 화장실에는 아무도 없었어요. 차라리 누군가가 있었었더라면 황당하기만 했을 텐데 말이죠.

그 순간 머릿속에 울산 모텔방에서 겪었던 이상한 일이 생각나더라고요. 온몸이 서늘해지며 등골이 식는 느낌을 받았죠. 정신을 차리고 밖으로 나와 담배를 피우기 위해 라이터를 찾던 도중 다 같이 앉아 있던 테이블에 하늘색 라이터가 보여 무심코 집어 들었습니다. 라이터에는 선명하게 새겨져 있었어요. 여자친구와 소름 돋는 경험을 했던 그 모텔 상호가 말이죠. 소름이 끼쳐서 라이터를 도로변에 던져버리고 아무 말도 못 한 채 서 있었습니다.

이날 이후로 이상한 정체를 만난 적은 없습니다. 모텔에서 봤던 그 여자는 누구며, 친구 가게 화장실에서 노크를 한 건 누구였을까요? 모텔에서 라이터를 들고 온 적도 없는데 테이블에 모텔 상호가 적힌 라이터를 올려둔 것은 또 누구였을까요? 이해할 수 없지만 분명한 건 눈에 보이지 않아도 무언가 존재한다는 것입니다. 울산에 위치한 그 모텔 203호에서는 무슨 일이 있었던 걸까요?

휴게소에서 생긴 일

　대략 9년 전 일입니다. 설을 맞아 시댁으로 가던 중 너무 소름 끼치는 일을 겪게 되었고 이후로는 혼자 운전할 때면 웬만하면 휴게소를 들리지 않게 됐죠. 저는 서울에 거주하는 정말 평범한 두 아이 엄마입니다. 현재는 집에서 살림을 하고 있지만 9년 전, 그러니까 첫째가 6살이고 둘째는 태어나기 전에 있었던 일이죠. 시댁은 울산인데 서울에서 400킬로미터 가까이 되는 먼 거리입니다. 그래서 자주 뵙지는 못하고 명절이나 중요 행사 때나 내려가곤 했었어요.

그날도 설 명절을 맞아 울산으로 내려가려는데 문제가 생기고 말았죠. 남편이 영업 쪽에서 일을 하는데 급하게 처리해야 할 일이 생겼다고 저와 아이만 먼저 내려가면 안 되냐고 하더라고요. 물론 남편은 일을 보고 다음 날 내려온다고 했고 저는 다음 날 같이 내려가자고 했더니 "엄마가 아기 보고 싶어서 며칠 전부터 기다리고 계시는데 그냥 당신이 먼저 내려가 있어"라고 하더군요. 알겠다고 대답은 했지만, 아이를 데리고 혼자서 장거리 운전은 처음이라 많이 불안했습니다. 버스를 타고 가려니 시간도 오래 걸리고 무엇보다 시댁까지 가려면 몇 번을 환승해야 하기 때문에 추운 날 아이가 고생할까 봐 차를 가지고 가기로 했죠.

아이를 태우고 울산으로 내려가던 중 점심때가 되어서 식사도 할 겸 충북 괴산군에 위치한 괴산휴게소에 들렀어요. 설 연휴라 생각보다 사람이 많았는데 나중에 알고 보니 괴산휴게소 식당은 맛집이라고 소문이 나 있어서 다른 휴게소보다 혼잡하다더군요, 뭐.

어쨌든 한참을 기다려 테이블을 잡고 밥을 먹고 있었어요. 아이가 목이 마르다고 해서 정수기에서 물 한 잔을 떠 가지고 오던 중이었죠. 그때 어떤 여자가 제 아들에게 말을 걸더군요. 가까이 가보니 40대 중반쯤으로 보이는 여자와 6살에서 7살 정도로 보이는 여자아이였어요. 왜 그러냐고 물었더니 밥을 먹으러 왔는데 자리가 없어서 실례가 안 된다면 같이 앉아서 먹어도 되냐고 묻는 겁니다. 4인 테이블에 저와 아들만 사용해서 자리가 넉넉한 상태라 그러라고 했죠. 그 여자는 저와 아들이 밥을 먹는 모습을 한참 보더니 질문을 하는 겁니다. 그런데 좀 의아했어요.

"아들 혈액형이 뭐예요?" 보통 나이를 묻거나 아니면 이름 정도를 물어보는 게 대부분인데 갑자기 혈액형을 물어보니 당황스럽더군요. 뭐 궁금해서 물어볼 수도 있겠다 생각해서 B형이라고 대답했고 같이 밥을 먹으면서 나이와 키, 예방접종, 뭐 이런 대화를 주고받았어요. 그리고 일부러 그런 건지는 모르겠는데, 저와 다른 메뉴를 시킨 여자가 이것도 맛있다며 먹어보라길래 반찬도 나눠 먹었습니다. 질문도 그렇지만 밥을 먹으면서 편치 않았던 건 그 여자 딸아이 표정이었어요. 표현하자면 세상의 모든 걸 잃어버린 알 수 없는 표정을 짓고 있었죠. 원래 그 나이 때면 장난도 많이 치고 할 텐데 말 없이 조용히 밥만 먹고 있어서 엄마에게 혼이 났나 보다 생각했습니다.

그렇게 식사를 끝내고 자리에서 일어나는데 그 여자가 합석하게 해줘서 너무 고맙다며 커피 한 잔 사겠다고 하더라고요. 저는 갈 길이 멀어 괜찮다고 사양하고 아들과 함께 차로 향했습니다. 차에 올라타 내비게이션을 다시 설정하고 출발하려는데 갑자기 속이 안 좋고 배가 아파서 화장실에 가야겠더라고요. 빨리 다녀오면 5분이면 되니까 아들을 차에 두고 급히 화장실로 향했죠. 잠시 후 화장실에서 나오는데 아까 밥을 같이 먹었던 여자아이가 저를 부르는 겁니다. 엄마는 보이지 않고 혼자 있길래 여기서 뭐 하냐고 물었더니 엄마를 잃어버렸다고 울먹거리더군요. 저는 아이를 달래주면서 휴게소 직원에게 도움을 요청했고 직원은 종합 안내소로 가보라고 말했죠. 종합 안내소에 있던 직원에게 여자아이를 맡기며 자초지종을 설명하고 아들 걱정에 얼른 차로 향했는데 제 차 앞에 어떤 여자와 남자가 서서 차 안을 보고 있는 겁니다. 그걸 보고 서둘러 뛰어가서 확인했더니 아까 밥을 같이 먹은 여자와 처음 보는 남자가 있더군요.

여기서 뭐 하시는 거냐고 따졌더니 아무것도 아니라며 차가 예뻐서 구경을 하고 있었다고 말하더라고요. 그 말을 듣고 너무 소름 돋았어요. 본인 딸이 없어진 상황에서 느긋하게 차 구경을 하는 것도 이상하고 아까 밥을 먹을 때는 혼자 아이를 데리고 왔다고 말했는데 옆에 남자가 함께 있는 것도 너무 수상했습니다. 그건 그렇고 저는 그 여자에게 얼른 종합 안내소로 가보라고 이야기했죠. 아이가 엄마를 잃어버렸다고 울고 있어서 종합 안내소로 바래다줬다고 말했는데도 그 말을 듣고 아무 대답 없이 그냥 가버리는 겁니다. 보통 엄마들은 놀라서 쫓아가는 게 정상인데 아무렇지도 않게 걸어가더군요. 다행히 아들은 차에서 잠을 자고 있었고 이해가 안 가는 사람들이다 생각하고 차에 올라탔습니다. 정말 찜찜한 기분으로 울산으로 향했고 잠시 후 소름 끼치는 전화 한 통을 받게 됐죠. 조금 전 종합 안내소에 아이를 맡길 때 인적 사항을 적어야 해서 번호를 남겼는데, 그걸 보고 걸려 온 종합 안내소 전화였습니다.

그런데 해당 직원에게 믿기 힘든 말을 듣게 됐죠. 아까 그 여자아이는 1년 전 실종 신고된 아이라고 하는 겁니다. 그래서 아까 아이 엄마와 같이 밥까지 먹었다며 뭔가 잘못된 거 아니냐며 다시 한번 물으니까 확실하다고 말하더군요. 그리고 아이를 처음 본 장소와 시간 등을 묻길래 상세히 대답을 해주고 전화를 끊었죠.

그 이야기를 듣고 너무 손이 떨려서 힘들게 운전해 시댁에 도착했습니다. 시어머니께 휴게소에서 있었던 일을 말씀드렸더니 아이가 차 안에서 안 자고 문을 열어 줬으면 어떻게 됐겠냐고 큰일날 뻔했다고 말씀하셨죠. 남편도 이야기를 듣고 나서 아이와 단둘이 있는 여자를 타깃으로 삼는 것 같다고 실종된 아이를 미끼로 삼아 시간을 번 다음 혼자 있는 아이를 납치하려는 계획 같다고 하더라고요. 그러고 보니 혈액형과 예방접종 날짜까지 집요하게 묻던데 다시 생각해도 너무 무섭습니다. 이건 제 느낌인데 반찬을 나눠 먹으면서 뭔가 쓴맛을 느꼈는데 반찬 안에 약을 탄 건지 의심도 들더군요. 차에 타자마자 갑자기 속이 울렁거리고 배가 아팠던 게 지금 생각해도 이해가 가지 않습니다. 설 연휴면 기분이 좋아야 맞는데 저는 설 연휴만 되면 그때 일이 생각이 나고 그 여자 얼굴이 떠올라 아직까지도 섬뜩하기만 합니다.

절대 도와주면
안 되는 임산부

7년 전쯤 경험했던 일입니다. 그날은 서울에 사는 친구를 만나기 위해 대전역에서 출발하는 KTX를 타고 서울로 향하던 중이었습니다. 고등학교 때 굉장히 친했던 친구였는데 서울에 있는 대학에 진학한 탓에 졸업하고 나서는 서로 연락이 뜸해졌죠. 시간이 흘러 친구가 좋은 직장에 취업했다는 소식을 듣고 축하도 해줄 겸 얼굴이나 보자고 약속을 잡았던 겁니다. 저는 평소 여행

다니는 걸 좋아하지 않기 때문에 서울은 처음 가는 거였
죠. 그렇게 대전에서 출발한 지 1시간 반 정도 지나 서
울역에 도착했습니다. 그때가 오후 3시쯤이었고 친구에
게 전화하니 취업 관련 교육을 받고 있어서 5시쯤 퇴근
을 한다고 하더라고요. 친구는 저에게 자취방으로 들어
가 먼저 쉬고 있으라고 했고, 알겠다고 하고서 통화를
종료했습니다.

　　친구가 사는 자취방은 구의동 근처였는데 길도 잘
모르고 초행길이라 눈앞에 보이는 2번 출구로 빠져나왔
죠. 그리고 구의동으로 가기 위해서 버스 노선이나 지하
철을 검색하고 있는데 조금 떨어진 곳에서 어떤 여자가
저를 쳐다보고 있는 것 같았어요. 처음에는 기분 탓이라
고 생각했지만 그 여자와 눈이 마주치고 나서 그게 아니
라는 걸 깨닫게 되었습니다. 그 여자는 몸이 불편한지
특이한 걸음걸이로 천천히 다가와서 저에게 부탁을 하
더군요. 제발 도와달라고 울면서 하소연을 하는데 정말
당황스러웠습니다. 가까이서 보니 그 여자는 배가 튀어

나와 임산부로 보였죠. 얼마나 다급했으면 불편한 몸으로 처음 보는 사람에게 울면서 부탁을 하는 걸까 안쓰러운 생각이 들더군요.

제가 무슨 일이냐고 물어보니 집으로 가야 하는데 길 좀 알려달라고 하는 거였죠. 저도 서울은 처음이고 이제 막 도착해서 지리를 모른다고 설명하니까 제 팔을 잡고서 근처에 보이는 공중전화로 끌고 가더군요. 끌려가면서 여자 손을 뿌리칠 수 있었지만 배가 부른 임산부라서 그럴 수가 없었습니다. 그때 제 기억으로는 그 여자는 여자치고 힘이 정말 강했어요. 여자는 공중전화로 가더니 기다려달라고 하고서 어디론가 전화를 걸었습니다. 그리고 저를 보고 전화를 받아보라고 하더군요.

전화를 받았더니 목소리만 들으면 70대 정도로 느껴지는 할머니가 이야기를 하셨어요. 할머니가 하는 말이, 그 여자가 할머니의 딸인데 정신적으로 문제가 있어서 길을 못 찾으니까 도와달라고 부탁을 하는 겁니다. 그래서 저는 저에게 부탁할 게 아니라 경찰 도움을 받으라고 했더니 갑자기 말을 바꾸면서 택시 타고 딸을 집까지만 데려다주면 20만 원을 준다면서 울먹거리더라고요. 직접 데려오고 싶은데 몸이 불편해서 거동이 힘들다고 도와달라고 사정을 하는 겁니다.

그때 제가 뭔가에 홀렸는지 친구 만나려면 시간도 멀었고 이건 도와줘야겠다 싶은 생각이 들어서 어디로 가야 하는지 주소를 물어봤습니다. 할머니가 말한 주소는 구로구 가리봉동이었고 전화번호를 알려주면서 도착하면 사람을 보내주겠다고 했죠. 저는 서울역 근처에서 택시를 잡아 그 여자를 태우고서 기사님께 가리봉동으로 가달라고 말했습니다. 기사님께 여쭤보니 대략 30분 정도 걸린다고 하셨고 예상보다 가까운 곳이라서 다행이라고 생각했죠. 기사님이 운전하면서 서울 사람 아니냐고 물으시길래 택시를 탄 자초지종을 알려드렸습니다. 그리고 잠시 후 목적지에 도착했고 택시에서 내려 할머니에게 전화를 걸었죠. 할머니는 사람 보낼 테니까 그 사람한테 돈을 받으면 된다고 했고 저는 그 자리에서 기다리고 있었어요.

그런데 그때 아까 타고 왔던 택시가 다시 제 앞으로 와서 정차를 하는 겁니다. 기사님이 창문을 열더니 조심스럽게 저를 불렀죠. 그리고 저를 보고 빨리 차에 타라고 하시더라고요. 저는 누가 여자분을 데리러 오기로 했으니 조금 기다려야 된다고 말했는데 택시비 돌려줄 테니 얼른 타라고 다급하게 소리를 지르는 겁니다. 그 말을 듣고 옆에 있던 여자가 갑자기 제 팔을 잡더니 제가 택시에 타지 못하게 길을 막아서는 거였죠. 순간 뭔가 잘못됐다 생각이 들더라고요. 저는 힘으로 여자를 밀쳐내면서 택시에 탔고 기사님은 서둘러 출발했습니다. 그리고 기사님이 말을 꺼내시더군요. 아까 그 여자 임신한 거 아니라고 배 안에 고무로 된 공이 들어있었는데 못봤냐면서 말을 하시는 겁니다. 저를 내려주고 그냥 가려다가 기사님이 느낌이 안 좋아서 다시 돌아오셨다고 하더라고요.

그 당시 택시 기사님들 사이에서 한 가지 소문이 돌

고 있었는데, 역 주변에서 두리번거리거나 헤매고 있는 사람들을 타깃으로 한 범행이 일어나고 있다는 거였죠. 그리고 제가 내렸던 곳이 탈북자와 조선족들이 밀집해 있는 동네인데 타지역 사람이 그쪽으로 가달라고 해서 의심스러웠다며 말씀하시더군요. 저는 기사님께 감사하다고 몇 번이나 인사드리고 택시에서 내렸습니다. 그리고 친구를 만나 있었던 일을 이야기했죠. 할머니와 그 여자는 한패인 것 같고 할머니가 보내겠다는 사람에게 납치를 당할 수도 있었겠다 생각하니까 너무 섬뜩하고 소름이 끼치더라고요. 솔직하게 사례금 20만 원에 솔깃했고 임신한 여자도 너무 안돼 보여 도와주려는 생각도 했었는데 그런 조직인 줄은 꿈에도 몰랐습니다. 친구 집에서 주말을 보내고 집으로 돌아오면서 앞으로는 도와주기 전에 의심 먼저 해봐야겠다는 생각이 들었죠. 만약 그날 택시 기사님이 아니었다면 어떻게 됐을지 생각만 해도 끔찍합니다.

이상하게 저렴했던
중고차

　제가 2010년쯤 경험했던 일입니다. 믿기 힘들지
만 거짓 없는 실화이고 그 일을 겪고 나서 중고차는 절
대 타지 않습니다. 그 당시 사회 초년생으로 일을 하고
있을 때였죠. 주방용품이나 가전제품 렌탈 일을 했는데
말 그대로 영업직이라고 보시면 됩니다. 일을 배우기 시
작할 때는 선배가 운전을 하고 저는 조수석에 탑승하고
다녔는데 어느 정도 시간이 흐르니까 차가 없으면 안 될

39

것 같더군요.

그래서 저렴한 중고차라도 사기 위해 인터넷을 보고 있는데 유독 저렴하게 올라온 차가 있는 겁니다. 그 당시 제가 본 자동차 시세가 700만 원 정도였고 인터넷에 나온 매물은 350만 원 정도였죠. 시세의 절반에 파는 게 의심스러워 허위 매물이거나 사고가 크게 난 차라고 생각했습니다. 중고차를 사기 위해 며칠간 인터넷을 봤는데 저렴하고 좋은 차는 찾기 힘들었죠. 사회 초년생이 돈이 많은 것도 아니었고 전 재산이라고 말하기 부끄럽지만 수중에 모아둔 돈은 500만 원 남짓이었습니다.

차는 필요하고 선택의 폭은 좁고, 그렇다고 대출까지 받아 구매하기에는 박봉인 영업직이라 딱히 방법이 없더군요. 한참 고민하다 며칠 전에 봤던 의심스러울 정도로 저렴한 차가 생각이 나더라고요. 선배들이 그러는데 사고가 나서 저렴하게 파는 차들도 수리만 잘 되면 타는 데 지장이 없다고 직접 가서 보고 결정하라는 의견이 많았습니다. 선배 말을 듣고 중고차 딜러와 통화를 했고 약속을 잡게 됐죠.

약속 날이 되어 토요일 오전 부평에 위치하는 중고차 상사를 찾아갔습니다. 통화했던 딜러는 남자였는데 남자 대신 어떤 여자가 나오더군요. 그 당시 기억에 남았던 게, 여자 딜러는 빨간색 원피스를 입고 있었고 이런 옷을 입고 영업을 하나 할 정도로 짧은 옷이었습니다. 그리고 제가 보려던 차가 여기에 없고 멀지 않은 곳에 있으니까 차를 타고 이동을 하자고 하더라고요. 여자 딜러와 차를 타고 10분쯤 이동했을 때 지은 지 20년은 더 되어 보이는 오래된 빌라 쪽으로 들어가는 겁니다. 제가 의심스러운 눈빛으로 쳐다보니 빌라 지하 주차장에 세워놨다고 걱정 말라고 하더군요.

왜 차가 여기 있냐고 물어보니까 이 차는 원래 판매하려고 했던 게 아니고 본인이 직접 수리해서 타려고 했던 차인데 마음이 바뀌어 급하게 판매를 결정했다고 하더군요. 그리고 상품 준비 중이라서 매상에 가져다 놓지 못했다는 말이었죠. 상품 준비는 중고차 판매를 할 수 있게끔 세차나 정비를 하는 건데 아직 그걸 못 했다는 겁니다. 여자 딜러가 그러는데 사고 차량도 아니고 운행하는 데 문제없다고, 어디 가서 이 가격에 못 산다면서 거듭 강조를 하더군요.

어쨌든 운행하는 데 지장은 없다고 하니 차를 살펴보기로 했죠. 천천히 차를 보는데 지하 주차장 구석에 방치되어 있어서 그런지 먼지가 뿌옇게 쌓인 상태였습니다. 하지만 저렴한 중고차라서 외관은 크게 상관없었고 성능이 중요하다고 생각했죠. 차에 타서 시동도 걸어보고 시운전도 해봤지만 뭐 나름 이 가격에 괜찮다 싶더라고요.

다만 한 가지 마음에 걸리는 건 자동차 실내에서 나는 냄새였는데, 쾌쾌한 곰팡이 썩은 냄새라고 표현하면 비슷할 겁니다. 무슨 냄새인지 싶어서 차 안을 살펴보려는데 여자 딜러가 다급하게 차에 따라 타더니 내부에 이상 없다고 말을 하더군요. 여자 딜러가 짧은 치마를 입고 있어서 민망하다는 생각이 먼저 들어 차 안을 유심히 살펴 보지 못했습니다. 냄새는 환기하면 되니까 그리 나쁘지는 않다고 생각돼서 계약하게 되었죠. 그렇게 차를 구입하고 나서 믿기 힘든 일을 겪게 됩니다.

그날은 지방 거래처를 다녀오던 중이었는데 거래처 사장님과 저녁을 먹었던지라 시간이 꽤 늦어졌죠. 한참 고속도로를 운전하고 있는데 자꾸 뒤에서 이상한 느낌이 드는 겁니다. 차를 세우고 나서 담배를 한 대 태우고 뒷자리를 확인했더니 예상대로 아무것도 없었죠. 피곤해서 그런가 보다 하고 다시 출발하는데 이유 없이 등골에 소름이 돋고 운전에 집중할 수가 없었습니다. 농담이 아니고 머리가 쭈뼛 선다고 해야 할까요. 하여튼 말로 표현이 안 될 만큼 섬뜩한 기분이었습니다. 이대로 운전하면 사고가 날 것 같다는 기분에 선배에게 전화해서 오늘은 근처에서 자고 아침 일찍 출발하겠다고 했죠.

고속도로를 빠져나와 근방에 있는 모텔에 들어갔고 그때까지는 피곤해서 그런가 보다 생각했습니다. 그리고 잠이 들게 되었는데 정말 무서운 꿈을 꾸게 됐죠.

꿈에서 저는 운전을 하고 있었고 길이 좋지 않은 비포장 도로였습니다. 한참 운전을 하다 구석진 곳에 차를 세우더니 창문을 닫고 나서 조수석에 연탄불을 피우고 눈을 감았죠. 그 순간 너무 놀라서 눈을 떴고 정말 생생한 꿈에 날이 밝을 때까지 잠을 이루지 못했습니다. 그리고 오전 일찍 모텔에서 나오다가 문득 생각이 들었어요. 차에서 큰 사고라도 난 게 아닐까 하는 생각이 들면서 불안했죠.

고속도로를 진입하기 전 근방에 카센터가 보이길래 카센터 사장님께 물어봤습니다. 며칠 전 중고차를 샀는데 큰 사고가 있던 차인지 물었고 사장님은 차를 점검하기 시작했죠. 여자 딜러는 무사고라고 했지만 제 생각은 저렴한 가격 때문에 분명 사고가 있을 거라 생각했습니다.

그런데 그게 아니었죠. 딜러 말대로 무사고 차량이고 수리 흔적도 없다고 말씀하시더군요. 그 말을 듣고 피곤하다 보니 기분 나쁜 꿈을 꾼 거라고 생각하고 있는데 사장님이 심각한 표정을 짓더니 웬만하면 환불하는 게 좋겠다고 말을 하시는 겁니다. 그리고 사장님은 조수석 시트커버를 벗기고 밑을 보라고 하셨죠. 그걸 보고 나서 온몸에 소름이 끼치더라고요. 조수석 시트 밑에 둥글게 파인 자국이 있었는데 그곳에 연탄을 가져다 놓으니까 사이즈가 정확하게 일치하는 겁니다. 이 차는 교통사고가 난 건 아니지만 실내에서 무슨 일이 있었던 게 분명했죠.

저는 딜러에게 연락해서 자초지종을 설명하고 환불을 요청했더니 차에 이상이 있는 게 아니면 힘들다고 알아서 하라는 겁니다. 너무 당황스러워서 도대체 이 차에서 무슨 일이 있었냐고 물었더니 딜러는 모른다고 대답을 피하더라고요.

그 차를 타기에는 찜찜하고 섬뜩해서 차는 폐차 했고 폐차하기 전 소주 한 병을 사서 차에 뿌려주었습니다. 사건이 있고 나서 다른 차를 구매하게 됐고 다행히 하던 일이 잘 풀려 현재는 개인 렌탈 사업까지 하게 됐죠. 아직도 기억에 남는 건 모텔에서 꿨던 꿈인데 아마 차에서 극단적인 선택을 한 전 주인이 나타난 게 아닐까 생각이 들었습니다. 차를 신중히 고르지 못한 제 잘못도 크지만 돈을 벌기 위해 수단과 방법을 가리지 않는 사람들도 있다는 게 충격이었죠. 아직도 믿기 힘들지만 정말 소름 끼치는 일이었고 시세보다 저렴한 중고차는 무조건 피하라고 말씀드리고 싶네요.

기분 나쁜 타로컴

불과 1년밖에 지나지 않은 일이라 하루하루가 너무 힘듭니다. 바쁘게 일을 하다가도 그 친구 생각이 나면 아직까지 섬뜩하네요. 이야기의 시작은 제가 중학교 시절로 돌아갑니다. 저는 어릴 적에 친구들과 잘 어울리는 외향적인 성격이었죠. 저를 따르는 친구들도 꽤 많아서 중학교 내내 반장까지 할 정도였습니다.

중학교 3학년 때 학교를 마치고 집으로 가고 있는

데 혼자서 걸어가는 어떤 아이를 보게 됐죠. 어디서 많이 본 뒷모습이라 빠른 걸음으로 쫓아가 얼굴을 확인했더니 같은 반 친구였습니다. 이 친구는 조용한 성격에 늘 있는 듯 없는 듯했던 친구였는데 혼자서 걸어가는 모습을 보니까 안쓰러운 생각이 들더군요. 같이 집으로 걸어가면서 이야기를 나눴는데 친구 이름은 영미라고 했고 사는 곳도 저희 집과 가까운 편이었죠. 이왕 이렇게 된 거 잘 챙겨줘야겠다는 생각이 들었어요.

그 인연은 20년 동안 이어졌습니다. 고등학교를 졸업하고 대학교를 나와 직장에 들어가서도 연락을 하며 가깝게 지냈죠. 어느 정도였냐면 아무리 바빠도 일주일에 한 번은 얼굴을 보고 전화나 카톡은 수시로 하던 사이였습니다. 영미 성격이 저에게 잘 맞춰주는 성격이라 싸우는 일도 많이 없었죠. 다만 저도 사람이라 간혹가다 혼자 있고 싶을 때가 있는데 영미는 시도 때도 없이 연락이 와서 일부러 피했던 적도 있었습니다. 제가 연락을 받지 않아도 다음 날이면 아무렇지도 않게 연락이 왔죠.

그리고 첫 번째 사건은 제가 20대 중반쯤 일어났을 거예요. 대학교 시절 남자친구를 사귀게 됐고 자랑도 할 겸 영미에게 소개를 시켜줬어요. 영미는 저와 남자친구를 보고 너무 잘 어울린다며 오래갔으면 좋겠다고 하더라고요. 그렇게 셋이서 밥을 먹었고 정확히 3일 후에 남자친구와 헤어지게 되었습니다. 이유를 물었더니 말도 해주지 않고 일방적으로 차이게 됐죠. 그 당시 너무 힘들어 영미에게 모든 걸 털어놨고 영미는 위로를 해주면서 더 좋은 사람 만날 수 있을 거라고 하더군요.

그 사건 이후로 알 수 없는 일들이 계속 생기게 됐어요. 20대 후반부터 30대 초까지 남자친구를 6번 정도 사귀었는데 일주일이 지나지 않아 이유 없이 헤어지자고 하더군요. 처음에는 제가 무슨 잘못을 한 건지 혼자서 고민을 많이 했지만 도저히 답을 찾을 수가 없었죠. 영미는 그럴 때마다 인연이 아닌 거라고 위로해 주었고 계속 헤어지다 보니 남자를 만나는 것에 대한 트라우마까지 생기더라고요.

그러다 쉬는 날 영미를 만났고 영미 손에 이끌려 어디론가 가게 됐죠. 그곳은 타로점을 보는 곳이었는데 꽤 잘 맞춘다고 소문이 났다고 하더군요. 제가 남자를 만나면 일주일도 못 가 헤어진다고 했더니 몇 가지 카드를 보여주셨죠. 그리고 제가 남자 복이 없다고 옆에 있는 영미를 가리키며 친구 복은 타고났으니 남자를 만나고 싶으면 영미에게 잘해주라는 말을 하더군요. 그냥 재미 삼아 본 거지만 기분이 마냥 좋지만은 않았습니다.

그리고 정말 소름 끼치는 사건은 마지막 남자친구를 만나고 알게 됐어요. 직장에서 알게 된 사수와 부사수 사이였는데 업무 때문에 지속적으로 만나다 보니 서로 호감이 생겨 고백을 받게 되었습니다. 남자만 만나면 일주일도 못 가 헤어지는 징크스 때문에 고민을 정말 많이 했죠. 그리고 직장 내에서 사귀다 헤어지면 얼굴 보기도 불편하니까요

어느 날 밤 남자친구와 저녁을 먹기로 했고 퇴근 준비를 하고 있는데, 영미에게 전화가 오더군요. 시간 되

면 차 한잔하자는 얘기였고 저는 영미에게 남자친구와 약속이 있어서 힘들겠다고 말했죠. 그러니까 일주일 만나고 또 헤어지면 어떻게 할 거냐고 걱정스러운 말을 하더군요. 그 얘기를 마지막으로 전화를 끊고 남자친구와 저녁을 먹으면서 이야기를 했죠. 과거에 만나는 사람마다 일주일도 못 가 이유 없이 헤어졌다고 하니 그 말을 듣고 남자친구는 절대 그런 일 없을 거라고 웃으면서 말을 하더라고요.

그런데 며칠 후 남자친구에게서 뭔가 이상한 느낌을 받았습니다. 직장에서 인사를 해도 받아주지 않고 무시를 하더군요. 저는 너무 답답해서 도대체 왜 그러냐고 물었더니 몰라서 그러냐며 오히려 화를 내는 거였죠. 진짜 모른다고 설명을 해보라고 하니까 남자친구는 한숨을 쉬면서 사진 한 장을 보여주더군요. 그 사진을 보고 충격을 받아 아무 생각이 들지 않았습니다.

사진 속에는 저와 다른 남자가 모텔 앞에 서 있었습니다. 곰곰이 생각해 보니 20대 때 영미와 모텔을 찾다가 길을 몰라서 지나가는 사람에게 물어본 적이 있었는데 자세히 보니 그 사진이었어요. 그래서 이건 길을 물어본 거라고 하니까 또 다른 사진을 보여주는 겁니다. 그건 더 충격이었죠. 제가 술에 취해 옷을 벗고 누워있는 사진이었는데 언제 적인지 기억도 나지 않는 사진이었어요.

이 사진 누가 보냈냐고 하니 끝까지 입을 다물고 있다가 한참 뒤 이야기를 하더라고요. 믿기지 않았지만 그 사진은 제 친구 영미가 보낸 사진이었습니다. 그런 말도 안 되는 사진을 찍어 보낸 것도 이해가 안 되는데 더욱 충격인 건 영미가 했던 말이었죠. 제가 남자를 좋아해서 매일 밤 원나잇을 한다고, 중학교 때부터 남자만 만나고 다녔다고 말을 했다고 합니다. 제가 사귀는 남자마다 미행을 한 뒤 사는 곳을 알아내거나 아니면 일하는 곳에 찾아가 사진을 보여주며 이상한 소문을 퍼뜨렸고 본인이 얘기했다고 말하지 말라고 부탁했다고 했죠. 20대 중반부터 최근 1년 전까지 제가 만났던 남자들에게 모두 그러고 다녔던 겁니다.

　너무 충격을 받아 영미에게 전화해서 사실이냐고 물었더니 전화를 끊고 받질 않더군요. 그리고 영미는 번호를 변경하고 연기처럼 사라졌습니다. 그 순간 영미와 타로점을 봤던 곳이 생각이 나서 찾아가 물었더니 점을 봐주시는 분이 미안하다고 하더군요. 사실 점을 보기 전 미리 영미가 찾아와 돈을 주면서 말을 맞춰달라고 부탁을 했다고 합니다. 남자 복이 없다고 꼭 이야기해달라고 했다던데 정말 어이가 없더라고요.

　이 사건을 겪고 나서 사람도 믿지 못하겠고 20년 동안 거리낌 없이 지냈던 친구가 무슨 악감정으로 그랬는지 이해가 가질 않았죠. 그러다 두 달 전쯤 중학교 동창 친구와 통화를 하게 됐고 영미의 실체를 알게 되었습니다. 동창 친구가 이야기를 해주는데 영미는 시기와 질투가 많아서 본인보다 잘났다고 생각되면 옆에 붙어 끝까지 괴롭힌다고 하더군요. 그런 성격 때문에 학교에서 친구가 없었는데 제가 영미랑 친하게 지내길래 친구들도 참고 지냈다고 말을 하는 겁니다.

　그 사건을 겪고 나서 심한 배신감 때문에 우울증과 불면증까지 생기게 됐죠. 아무것도 모르고 영미와 계속 지냈다면 더 큰 화를 입었을 수도 있었겠다 생각하니 정말 섬뜩하더군요. 정말 친했다고 믿었던 친구가 뒤에서 그런 짓을 했다고 생각하니 지금도 믿기지 않네요. 이번 일로 사람이 무섭다는 걸 다시 한번 깨닫게 되었습니다.

오토바이 사고

저는 현재 울산에서 자동차 부품 제조업 생산직에 근무하고 있습니다. 입사한 지는 8년 차입니다. 이 정도 근무했으면 관리자는 되어야 할 텐데 저보다 먼저 들어오신 선배분들이 너무 많아서 좀 꼬인 케이스입니다. 제가 근무하는 회사에서 신기한 경험을 하게 되어 제보하게 되었습니다.

때는 불과 3년 전, 그러니까 2018년 가을쯤이었

요. 다른 자동차 업계 쪽 회사들은 근무 시스템이 많이 바뀌었지만 제가 다니던 회사는 소규모로 운영되던 사업체라 주간 야간 2교대를 고집하고 있었습니다. 간단히 말씀드리자면 이번 주는 주간 12시간 그다음 주는 야간 12시간 이렇게 교대하는 근무죠. 굉장히 피곤하고 고된 업무였습니다. 피곤한 건 둘째고 일을 하다가 정신을 차리지 않으면 정말 위험한 일이 생길 수도 있었죠.

저희 회사 주업무는 화학용품을 이용하여 자동차 부품에 얇은 막을 입히는 것인데 녹이 생기지 않게 방지하는 역할이라고 보시면 됩니다. 그런데 그게 왜 위험하냐고 생각하시는 분들도 있으실 거예요. 위험한 부분은 화학용품인데 염산이나 알칼리성 약품을 사용하는 터라 피부에 닿거나 눈에 들어가는 날에는 정말 위험했습니다. 저도 근무하는 8년 동안 약품이 피부에 닿아서 병원 간 적도 몇 차례 있으니까요.

이상한 사건이 일어난 건 제가 야간근무를 하던 그날이었습니다. 저녁 8시에 출근해 다음 날 아침 8시까지 근무하는 날이라 집에서 저녁을 먹고 나오던 길이었죠. 운전하며 가고 있는데 그날따라 교통 체증이 심하더군요. 평소 같으면 집에서 회사까지 20분 정도 걸리는데 그날은 무슨 일인지 모르겠지만 30분이 넘도록 정체가 심했습니다.

그렇게 서행하던 중 교통 체증이 심했던 이유를 알게 되었죠. 오토바이와 자동차가 충돌해 교통사고가 난 것이었습니다. 좀 섬뜩했던 건 오토바이의 형체가, 말로 표현을 하자면 종이 구겨진 것처럼 그렇더라고요. 천천히 서행하며 사고 현장을 빠져나가려는데 반대편에서 119 구급차가 급히 오길래 잠시 정차를 하고 기다렸습니다. 119 구급 대원들은 들것을 가지고 내려 오토바이 운전자를 살펴보더니 이내 하얀색 천을 얼굴까지 덮더라고요. 그 당시 차 안에서 본 장면이라 사망했을 거라고 추측을 했습니다.

안타깝기도 했지만 순간 소름이 돋았던 건 사망했던 오토바이 운전자가 눈을 감지 못하고 있었는데 하얀색 천을 덮기 직전 저와 눈이 마주쳤다는 것이죠. 짧은 순간이었지만 지금도 가끔 생각이 나네요. 하여튼 그날 전 힘겹게 회사에 도착했습니다. 다행히 집에서 조금 일찍 나와 지각은 면할 수 있었죠.

그리고 작업을 시작했고 이제 일에 집중을 해야 하는데 자꾸만 그 생각이 나는 겁니다. 오토바이 운전자와 눈이 마주친 그 기억이요.

"야, 집중 좀 해라. 이 제품은 불량이잖아."

"아, 죄송해요."

"집에 무슨 일 있나? 오늘따라 와 그라노?"

저는 그날따라 안 하던 실수를 하게 되었고 컨디션이 좋지 않아서 그렇겠지 하고 대수롭지 않게 넘겼습니다. 다음 날 출근 시간이 되어 어김없이 집에서 나와 운전 중이었죠. 그날은 교통 체증 없이 달릴 수 있었습니다. 출근길에 어제 오토바이 운전자가 사망했던 위치에 도로를 보았는데 하얀색 락카로 사고 현장을 기록해 뒀더라고요. 그걸 보니 어제 사고 현장이 떠오르면서 오토바이 운전자와 눈이 마주친 기억이 났지만 얼른 머릿속에서 지우기로 생각했죠.

그렇게 회사에 도착해 작업복으로 갈아입고 일을 하고 있던 중이었습니다.

"야, 대연아 가서 염산 20킬로그램 좀 가져와."

옆에 있던 고참 형이 저를 부르며 얘기했죠. 염산이 있는 곳은 화학약품 재고를 쌓아둔 창고 같은 건물이었는데 조명이 밝지가 않고 어두컴컴한 곳이었습니다. 저야 뭐 8년 동안 근무했으니 눈 감고도 찾을 수 있지만 신입이나 처음 오시는 분들은 아마도 어떤 게 염산인지 구분도 안 될 정도로 어두운 창고입니다.

그렇게 염산 20킬로그램을 말통에 받아들고 나오던 중 창고 구석진 곳에서 씩씩거리며 이상한 숨소리가 들렸습니다.

"누구세요……?"

창고는 보안이 철저해서 관계자 말고는 들어올 수 없는 곳입니다.

'창고가 좀 낡아서 나는 소리인가……?'

속으로 그렇게 생각하고는 나가려는데 큰 소리 나며 쌓아놓은 약품 통들이 넘어지며 제 눈앞으로 쥐 몇 마리가 후다닥 지나가더라고요. 순간 놀라서 들고 있던 염산 통을 떨어뜨렸습니다. 염산 통이 떨어지면서 손등과 손목에 화상을 입었고 저는 급히 병원으로 이송되었어요.

다행히 장갑과 그 위에 고무장갑까지 착용하고 있어서 경미한 1도 화상만 입어 천만다행이었죠. 병원에서는 화학약품에 의한 화상이라 하루 정도 입원할 것을 제안했습니다. 침대에 누워 곰곰이 생각했는데, 쌓아놓은 염산통이 갑자기 쓰러진 이유와 씩씩대던 이상한 숨소리는 정말 기괴한 현상이었죠. 8년간 근무를 하면서 그런 일은 처음이라 아무리 생각해도 이해가 가질 않았습니다.

저에게 염산을 가져달라고 지시했던 고참 형이 일을 끝내고 병문안을 오셨죠.

"야, 이래서 뭔 일 시키겠나? 너 요즘 일하다가 계속 멍하게 있던데 뭔 일인데?"

그 형에게 제가 봤던 사실을 터놓고 이야기했습니다. 그러더니 아주 놀라운 이야기를 해주시더군요.

"그 교통사고, 바로 내 눈앞에서 일어났어."

그날 형은 저보다 일찍 출근하던 중이었는데 적색 신호가 들어와 정차 중이었답니다. 그때 그 형 앞으로 오토바이 한 대가 슬그머니 나타났다고 해요. 그런데 맞은편 차선에서 과속을 하며 트럭 한 대가 달려와 오토바이를 치고 갔다는 것이죠. 그 오토바이가 없었다면 자신의 차와 충돌했을 수도 있다고 얘기하더라고요. 경찰이 목격자 진술을 해달라며 전화가 왔는데 일도 바쁘고 해서 미루고 있던 중이라고 하셨어요. 저는 급하게 물었죠.

"형 혹시 블랙박스 영상 아직 가지고 계세요?"

"어, 있긴 있지."

저는 다음 날 퇴원하고 형에게 블랙박스 영상을 받

아 경찰서에 제출을 하고 왔습니다. 사건이 좀 복잡하게 얽혀 있었는데 블랙박스 영상 덕분에 해결이 잘 되었다며 유가족분들께서 고맙다고 몇 번이나 연락이 오셨죠.

그 사건이 있고 한 달 뒤 회사에서 인정을 받아 관리자로 승진을 하게 되었고 현재는 결혼도 하고 올해 초 예쁜 딸도 태어났습니다. 우연의 일치인지는 모르겠지만 그 사건 이후 하는 일마다 잘 풀리는 게 신기할 지경입니다. 제 개인적인 생각이지만. 아마도 그 오토바이 운전자는 억울함을 호소하기 위해 창고에서 귀신으로 나타났던 것일지도 모르겠습니다. 오늘도 출근 중 사고가 났던 곳을 지나치며 저는 생각합니다. '삼가 고인의 명복을 빕니다'라고 말이죠.

공원에서 만난
할머니

　2년 전 겪은 일인데, 위험할 수도 있었던 경험이라
제보하게 되었습니다. 공원에서 마주친 80대 할머니였
는데 아직도 그 얼굴이 기억나네요. 그 당시 장마가 끝
나고 본격적인 무더위가 시작될 때였죠. 저는 3살 된 푸
들을 키우고 있습니다. 반려견을 키우시는 분들은 아시
겠지만 더운 날씨에 산책을 시키게 되면 발바닥 화상을
입을 수도 있고 강아지는 물론 산책시키는 주인도 힘들

어 고생이거든요. 그런 이유 때문에 새벽 산책을 주로 나갑니다. 그렇게 산책을 하다 정말 무서운 사건을 겪게 되었죠.

그날도 여느 때와 마찬가지로 새벽 1시쯤 강아지와 산책하고 있었습니다. 저희 집에서 감삼공원까지는 10분 정도 걸리는 가까운 거리여서 항상 공원에 들르는 게 코스였죠. 공원이라고 해서 규모가 큰 곳이 아니었고 조그만 정자와 갖가지 운동기구, 말 그대로 동네 사람들만 이용하는 작은 공원이었습니다. 비가 올 때만 제외하고 매일 가는 공원이라 그 시간대 운동하시는 분들과 인사까지 할 정도였죠.

저는 산책할 때 공원을 두 바퀴 도는 정도가 적당해서 먼저 한 바퀴를 돌고 입구 쪽으로 향하고 있었습니다. 그런데 입구 쪽 분수대가 있는 근방에서 할머니 한 분이 천천히 걸어가고 계시는 겁니다. 매일 이 시간에 산책하면서 그 할머니를 본 건 처음이었기 때문에 한번 더 눈길이 갔죠.

그런데 걷는 모습이 어딘가 이상하더라고요. 그 연세의 할머니들은 허리와 다리가 좋지 않으니까 천천히 걷는 게 이상한 건 아니지만 그 할머니는 누군가에 쫓기듯이 사방을 두리번거리면서 몹시 불안해하는 모습이었습니다. 천천히 공원 의자 쪽으로 가더니 의자에 앉아서 허공을 바라보고 있더군요. 그때 시간이 새벽 2시에 가까워지고 있었는데 그 시간에 80대 정도 되어 보이는 할머니가 혼자서 공원에 오는 게 좀 이상하다는 생각이 들었죠.

저는 할머니를 지나쳐 공원 한 바퀴를 더 돌고 집으로 가려고 하는데 "총각, 총각……" 하면서 뒤에서 할머니가 저를 부르는 겁니다. 정확히는 저를 불렀는지는 모르겠는데 주변에 저 말고 아무도 없었으니까 뒤를 보게 됐죠. 할머니는 공원 의자에 앉아서 저에게 가까이 오라고 손으로 신호를 보내더라고요. 그냥 지나칠까 생각도 했지만 뭔가 도움이 필요할 것 같아서 할머니가 앉아 있는 의자로 가까이 갔어요.

"할머니 왜 그러세요……?" 하고 물으니까 허리가 아파서 그러는데 집까지 부축을 해달라고 하는 겁니다. 저 혼자였다면 괜찮았을 텐데 강아지 목줄에 배변 봉투까지 들고 있어서 고민이 되더군요. 그렇게 우물쭈물하고 있을 때 공원에서 자주 만나는 조깅하던 아저씨가 지나갔죠. 아저씨에게 상황 설명을 했더니 책임지고 댁에 모실 테니까 걱정 말고 가보라고 하셨어요. 그렇게 저는 뒷일은 아저씨에게 맡긴 채 먼저 집으로 돌아왔습니다.

다음 날 산책을 나와서 아저씨를 찾았지만 보이질 않습니다. 처음에는 그날 하루 운동을 쉬거나 아니면 바쁜 일이 있는 줄 알았죠. 일주일이 지나도 아저씨는 공원에 나오지 않고 점점 걱정되기 시작했습니다. 결국 한 달 정도 지났을 때 아저씨를 공원에게 만나게 됐죠. 저는 아저씨를 보자마자 무슨 일 있냐며 물었고 아저씨가 히는 이야기는 정말 충격적이었습니다. 물론 그건 할머니에 관한 이야기였어요.

한 달 전 아저씨는 할머니를 부축해서 집으로 가고

있었는데 할머니가 혼잣말을 계속했다고 하더라고요. 무슨 말인지 정확히 알아 듣지는 못 했지만 댁까지 말동 무나 해드려야겠다고 생각을 했답니다. 할머니는 아들 이 한 명 있는데 아들과 싸우고 나와서 걱정이 된다는 그런 이야기였죠. 한참을 걷다 손가락으로 집을 하나 가 리키면서 저기가 집이라고 말했다더군요. 골목 한쪽에 있는 주택이었는데 감삼공원과 거리도 꽤 있어서 어떻 게 걸어오셨는지 이해가 가지 않았다고 합니다.

어찌 됐든 할머니를 집 앞까지 모셔드리고 집으로 가려는데 할머니는 집으로 들어가지 않고 현관문 앞에 서 가만히 서 계셨다는 겁니다. 그래서 아저씨는 왜 안 들어가시냐고 하니 열쇠가 없다고 하더군요. 아저씨는 한참 할머니를 지켜보다가 안 되겠다는 생각이 들었다 고 했죠. 이 집이 할머니 집인지 확인도 안 되는 상황이 고 새벽에 초인종을 눌렀다가 괜히 피해를 줄 것 같은 생각이 들어 그 자리에서 경찰을 불렀다고 합니다. 경찰 이 오기 전까지 할머니는 안절부절못하고 뭔가에 쫓기는 사람처럼 행동했다고 하더라고요.

잠시 후 경찰이 도착했고 다행이었던 사실은 할머니 보호자 아들분이 경찰서에 할머니 지문을 등록해놔서 집은 금방 찾을 수 있었죠. 알고 보니 그 할머니는 아들과 둘이 살고 있는 치매 노인이었습니다. 신원 조회후 할머니가 서 있던 집이 할머니 댁이 맞다고 하더라고요. 그런데 그때 갑자기 할머니가 소리를 지르면서 옷 안에서 뭔가 꺼내는 겁니다.

자세히 봤더니 새빨간 칼을 들고 가까이 오지 말라고 난동을 피웠다고 해요. 한참 동안 할머니를 진정시키고 칼을 내려놓자 경찰은 다가가서 할머니가 들고 있던 칼을 보더니 피가 굳은 거라면서 서둘러 할머니 보호자에게 연락을 취했죠. 수 차례 전화했지만 보호자인 아들은 전화를 받지 않고 경찰은 서둘러 할머니 집으로 들어갔다고 합니다. 아저씨도 할머니를 부축해서 집으로 들어갔는데 너무도 처참한 모습을 목격했다고 했죠. 보호자인 아들이 칼로 수십 차례 찔렸는지 거실 바닥에 쓰러져 피가 흥건했다고 하더라고요. 이미 아들은 사망한 상태였고요.

아저씨가 들었던 사건의 전말은 이렇다고 합니다. 할머니가 치매를 앓고 자주 길을 잃어버려 아들은 걱정 되는 마음에 나가지 못하게 했다고 합니다. 화가 난 할머니는 주방에서 칼을 꺼내 아들을 죽이고 공원까지 걸어 나왔던 거죠. 정신 질환을 앓고 있어서 아들이 죽은 것도 인지하지 못하는 걸 보니 안타깝고 씁쓸했다고 하더군요. 할머니는 정상이었다가 갑자기 분노가 차오르면 무섭게 돌변한다고 합니다.

할머니를 댁에 모셔다드리면서 돌발 상황이 일어났다면 아저씨도 위험했을 거란 생각에 무섭기도 하고 죄송스럽기까지 하더군요. 너무 안타깝지만 섬뜩했던 경험이었습니다.

멀지 않은 곳에 있는
'나는 신이다'

저는 전북에 사는 20대 여자입니다. 시간이 꽤 흘러 기억이 흐려지긴 했지만 충격적인 그때 일은 기억이 생생합니다.

때는 14년 전 제가 중학교 1학년 때 있었던 일입니다. 저는 형제자매 없이 외동으로 자랐습니다. 다른 집 외동들은 귀하게 자랐을지 몰라도 저희 집은 예외였죠. 늘 술에 취해 있는 아버지의 모습, 그리고 아버지에게 틈만 나면 매를 맞는 어머니의 모습을 보면서 자랐습니다. 폭력적인 가정환경 때문인지 저는 늘 어둡고 외로움을 많이 타며 대인기피증이 생길 정도로 소극적인 성격이었죠.

그러다 제가 초등학교를 졸업하고 중학교를 입학할 때쯤 집안에 변화가 생기기 시작했습니다. 부모님이 싸우는 횟수가 점차 줄어들었고 어느 날부터 갑자기 집안에서 소주병이 보이지 않더군요. 어린 나이에 들었던 생각은 '우리 집도 평범하게 지낼 수 있겠다'라는 기대감이었습니다. 그리고 부모님이 달라진 게 또 하나 있었죠. 그건 일요일마다 교회를 다니시게 된 거였어요. 오전 8시쯤 나가 저녁 늦게나 들어오곤 하셨습니다. 교회에서 뭘 하길래 하루 종일 있는지 궁금하긴 했지만 딱히 물어보진 않았죠. 부모님이 집에 계시는 것보다 혼자 있는 시간이 좋았으니까요.

그러나 그것도 오래가진 못했습니다. 어느 평일 오후, 학교를 다녀왔는데 아버지가 집에 계시더라고요. 평소엔 밤늦게까지 일하고 들어오시는 편이라 그 시간에 집에 계신다는 게 의아했습니다. 저는 인사를 드리고 방으로 들어갔는데 아버지가 저를 부르더군요. 앞으로 일요일은 교회를 가야 한다며 빈 강제적으로 말씀하시는 겁니다. 그때 처음으로 아버지에게 반항했지만 아무 소용이 없었죠. 교회 가기 싫으면 집을 나가라고 하셨기 때문에 어렸던 제가 뭘 할 수 있는 방법은 딱히 없었습니다.

그렇게 부모님과 교회를 다니게 됐고 처음 교회를 들어갔을 때는 아무 생각이 들지 않았죠. 그냥 여기서 나가고 싶은 마음이 컸기 때문에 사람들이 무슨 말을 하든 아무 관심이 없었습니다. 사람들끼리 찬송을 부르다가 목사로 보이는 사람이 나와 설교를 시작할 때 제 이름을 부르더군요. 그리고 부모님은 제 손을 잡고 목사가 서 있는 단상 앞으로 천천히 걸어갔습니다.

목사는 저를 한참 쳐다보다가 한마디 하더라고요. 건강하게 잘 컸다고 말을 하는데 분명 이상한 느낌을 받앇죠. 보통 어른들이 '많이 컸다'라고 말을 하는 것과 분명 다른 느낌이었습니다. 그리고 목사는 부모님을 보고 신앙이 좋다면서 칭찬을 하기 시작했죠. 그때 부모님의 모습은 지금도 잊을 수 없습니다. 목사 앞에서 무릎을 꿇고 고개를 숙이면서 감사하다고 말을 하는 부모님을 보고 무척 당황스러웠죠. 예배는 11시가 되어서야 마무리가 됐고 그 길로 집으로 가나 싶었지만 그게 아니었습니다. 점심을 먹고 나서 또 오후 예배를 한다고 하더군요. 교회 안에 조그만 식당이 있었는데 거기서 모여 밥을 먹고 1시가 가까워졌을 때 부모님과 같이 본 강당으로 들어갔죠.

　　그런데 오후 예배는 오전과 달리 부모님은 본 강당에서, 저는 제 또래들이 있는 다른 곳에서 한다고 하더라고요. 본 강당에서 2층으로 올라가면 또 다른 강당이 나오는데 거기에는 저와 비슷한 또래 여자아이들이 20명가량 앉아있었습니다. 그리고 오전 예배에서 봤던 목사가 들어오더군요. 목사는 옆에 서 있던 전도사에게 귓

속말로 이야기하더니 전도사는 주머니에서 번호표를 꺼내 한 장씩 주었습니다. 하얀색 종이에 숫자만 적혀있는 종이였는데 제 번호는 8번이었죠. 그 종이를 들고 강당에 앉아 있는데 목사가 말을 하기 시작했습니다.

숫자에 지명된 사람은 신의 축복을 받은 사람이라고 앞으로 나오라고 하더군요. 그리고 숫자를 부르기 시작했고 저는 피해 가나 싶었지만 마지막으로 8번을 부르는 겁니다. 5명을 호명했는데 그중 제 번호가 나온 거죠. 5명은 목사 앞으로 다가갔고 나머지 앉아 있던 아이들은 다른 강당으로 내려가더군요. 목사는 강당에 있는 쪽문으로 한 명씩 들어오라고 했죠.

저는 마지막 차례라 기다리면서 살펴봤는데 한 명이 들어가면 대략 20분 정도 있다가 나오는 것 같았고 방에서 나오면 전도사와 함께 다른 곳으로 내려갔던 것으로 기억해요. 한참을 기다리다가 제 차례가 돼서 방으로 들어갔죠.

지금으로 따지면 원룸 방 같은 규모에 바닥에는 매

트가 한 장 깔려있고 다른 특이점은 없었습니다. 목사는 저를 보고 매트에 누우라고 했고 그때까지는 시키는 대로 했었죠. 그리고 기도를 해야 된다며 눈을 감으라고 하는 겁니다. 기도 중 중간에 눈을 뜨면 큰일 나니까 옆에 있는 손수건을 가지고 와서 눈을 가리더군요. 한참 기도를 하다 손에 뭔가 이상한 게 만져졌고 어렸던 저는 그게 뭔지 그땐 몰랐습니다. 지금에서야 이야기하는데 그건 목사의 '그곳'이었죠.

그렇게 부모님과 교회를 다니다 오후 예배 때 다시금 제 숫자가 뽑힌 적이 있었습니다. 그때 손수건이 제대로 묶이지 않았는지 시야가 희미하게 보였고 제가 뭘 만지는지 알게 되었죠. 저는 기겁을 하며 자리에서 일어났고 목사도 당황했는지 나가라고 하더군요.

그날 밤 부모님께 있었던 일을 이야기했지만 부모님은 믿지 않았습니다. 아무리 교회 가기 싫어도 그런 거짓말하면 천벌 받는다고 제 말은 듣지 않더군요. 도움 받을 데도 없고 교회는 강제로 가야 하고 정말 힘든 날을 보냈습니다. 소극적인 성격이라 학교 친구에게 말 한 마디 못 하고 며칠간 고민하다 학교 담임에게 힘들게 이야기했죠.

그런데 해결되는 건 없었습니다. 담임은 아버지와 통화했지만 오히려 아버지는 화를 내시며, 부모랑 같이 교회를 가는데 그런 일이 말이 되냐고 따지셨죠. 저는 졸지에 거짓말쟁이가 되어버렸고 부모님은 목사를 너무 신뢰하는 탓에 아무것도 믿지를 않으셨습니다.

그 후로 1년간 교회를 다녔고 어느 날 사건이 터지게 되죠. 목사가 사기 범죄로 인해서 구속이 되었는데 그 실체는 정말 악질이었습니다. 교회라는 명목하에 신도들에게 헌금을 받고 있었는데 한 사람당 헌금 목표액을 정해주면서 그 목표액에 달성하면 큰 보상이 있다고 말을 했다고 했죠. 신도들은 대출까지 받고 더 이상 대출이 불가능하게 되자 사채까지 빌렸다고 했습니다. 그 신도중에 저희 부모님도 예외는 아니었죠. 아버지 월급은 전부 헌금으로 냈고 유일하게 있던 집까지 담보를 잡아 돈을 빌렸다고 했습니다. 결국 집은 경매로 넘어가 가족들이 뿔뿔이 흩어지게 되었죠. 아버지는 공사장 기숙사, 어머니는 식당 쪽방, 저는 청소년 보호시설에서 지냈습니다.

현재는 방을 얻어 혼자 지내고 있는데 가끔 아버지가 연락이 와서 미안하다고 용돈을 주십니다. 어린 나이에 정말 충격적인 일들을 경험했고 너무 힘들었지만 긍정적으로 살려고 노력하고 있습니다. 언젠가 저희 가족이 같이 살게 될 거라고 믿고 있으니까요.

다시는 밤낚시를
가지 않는 이유

　대구에 거주 중인 60대 남자입니다. 때는 4개월 전
에 있었던 일입니다. 저는 2020년, 다니던 직장에서 정
년 퇴직을 하고 집에서 늘상 TV만 보다가 마누라가 차
려주는 밥을 먹고, 해가 지면 잠이 들고, 그런 무의미한
일상을 보내고 있었습니다. 30년째 다닌 직장에서 퇴직
하고 나니 제가 뭘 해야 할지도 모르겠더라고요. 정년퇴
직 전에는 이것저것 하고 싶은 게 있었지만 막상 퇴직하

고 나니 아무 생각이 들지 않았습니다.

　그날도 TV를 시청하다 낚시 예능 프로를 보게 되었어요. 뭔가 재미있어 보이기도 했고 혼자만의 시간을 가질 수 있겠다 싶어 그길로 낚시 장비를 알아보기 시작했습니다. 아무것도 모르는 초보가 장비를 사려니 눈앞이 캄캄하더군요. 일단 집 근처 낚시 용품 집에 찾아갔죠.

　"사장님 낚싯대 구매 좀 하려고 왔습니다."

　"아, 예. 어떤 걸로 찾으세요?"

　"글쎄요 낚시는 처음이라 도통 모르겠네요."

　가게 사장님이 하시는 말씀이 낚싯대 종류가 민물낚시용 그리고 바다낚시용이 따로 있고 국산 제품과 수입품 제품 등 생각보다 복잡하더군요. 곰곰이 생각해 보니 바다로 나가는 건 위험하기도 하고 조용하게 저수지에서 낚시하는 게 좋을 듯 생각돼서 민물낚시용으로 구매를 하게 되었죠. 그날 기분이 참 좋더라고요. 이런 설레는 느낌을 느껴본 지 꽤 되었거든요.

　그날은 시간은 늦어져 다음 날 새벽 일찍 낚시 장

비를 챙겨 집을 나섰습니다. 제가 처음 낚시를 시작하게 곳은 대구 각산동에 있는 크고 깨끗한 저수지였어요. 새벽 이른 시간이었지만 저 말고도 낚시하시는 분들이 소수 계셨고 그분들 근처에 자리를 잡고 앉았습니다.

"안녕하세요. 처음 뵙네요."

저를 처음 보는데도 불구하고 인사를 해주시더라고요. 이런 맛에 낚시하나 싶어서 같이 말동무도 하며 낚싯대를 던지고 기다리고 있었습니다. 사실 낚싯대를 던지는 것도 애로사항이 있었어요. 옆에 계시는 분이 없었다면 그날 구경만 하다가 집에 갔을지도 모르겠네요. 그리고 잠시 후 뭔가 낚싯대가 꿈틀꿈틀하길래 옆에서 조언해 주는 분 말씀을 듣고 천천히 당겼습니다. 그게 제가 잡은 첫 물고기입니다. 아직도 기억이 생생하네요. 이 녀석 이름은 배스라고 하는데 저수지 얕은 물가에서 잘 잡히는 종류라고 설명해 주시더군요. 그렇게 저는 낚시에 푹 빠지게 되었습니다.

한 달 후 제가 기존에 샀던 장비들로는 다양한 물고

기를 잡을 수 없다는 걸 알았고 기존 장비에서 좀 더 돈을 투자해 좋은 것들로 마련하게 되었습니다. 그리고 용품점 사장님 말씀이 거제도 오량리에 오량저수지라고 있는데 떡밥으로 38센티미터나 되는 물고기를 낚았고 마을 노인이 4자짜리를 낚았다는 소문도 있다고 하시더군요. 주변에 찜질방이 있어서 초저녁에는 오가는 차 소리 때문에 시끄러우니 꼭 11시에서 새벽 3시에 가라고 하셨습니다. 그때가 물고기가 잘 잡힌다고 말이죠.

그렇게 그날 밤 일찍 저녁을 먹고 장비를 챙겨 출발했습니다. 넉넉 잡아서 3시간 정도 걸리니 7시경에 나왔던 걸로 기억합니다. 밤낚시는 처음이라 긴장도 되고 설레는 마음으로 출발했죠. 통영-대전 고속도로를 타고 한참을 달린 후 목적지 근처에 다 왔을 무렵 황토방이라는 표지판이 보이더군요. 그 길로 따라 올라가니 한적한 저수지가 보였습니다.

"아, 여기구나……."

근방에 주차하고 1인용 텐트와 낚시 장비를 꺼냈습

니다. 한참 낚시 장비를 세팅하고 있는데 음산한 기분이라고 해야 될까? 분명 주변에는 아무것도 없는데 누가 저를 지켜보는 듯한 그런 느낌을 받았습니다. 뭔가 사부작거리는 소리가 가끔씩 들리긴 했는데 저수지라 근처에 잡초들이 무성했었거든요. 잡초 사이에 벌레 소리인 줄 생각했었죠.

　혼자 낚시를 하고 있으니 너무 조용하고 밤낚시는 처음이라 좀 무섭더라고요. 그래서 음악이나 듣자 해서 휴대폰을 켰는데 글쎄 휴대폰이 먹통인 겁니다. 산속도 아니고 근처 찜질방도 있는데 발신 제한 구역이라고 뜨더군요. 인터넷도 잡히지 않았고요. 그때 분명히 제 귀에 이상한 소리가 들렸습니다. 벌레 소리는 확실히 아니었고 뭔가가 무성한 풀숲에서 천천히 다가오는 소리라고 표현하면 딱 맞을 겁니다. 그 소리는 점점 가까워져 갔어요. 순간 드는 생각이 '요즘 낚시 금지구역이 많아져서 마을 주민분이 저를 발견하고 오셨나 보다'라고 생각했죠. 소리가 나는 쪽을 쳐다봤는데 그 모습은 아직도 생생합니다. 물에 흠뻑 젖은 여자아이가 그 자리에 서서 저를 보고 있더군요. 저는 아이에게 무슨 일이 생긴 줄 알고 너무 놀라서 아이에게 뛰어가며 말했습니다.

"애야, 여기는 어떻게 왔어?"

그러자 그 아이는 풀숲 반대편으로 도망갔고 야밤에 혼자 저러고 다니면 위험할듯싶어 그 아이를 따라갔습니다. 저수지는 수심이 2미터 가까이 돼서 아이가 빠지면 큰일이거든요. 그 아이는 점점 어두운 풀숲으로 들어갔습니다. 아이는 장난을 치듯이 제가 멈추면 앞에서 기다리고 그 아이를 따라가면 도망가고 하더라고요. 한참을 따라가다 갑자기 정신이 번쩍 들었습니다. 그 이유는 허리 부근까지 차가운 느낌이 들었기 때문이죠. 주변을 봤더니 저수지 물 안에 제가 서 있었고 그 아이는 보이질 않았습니다. 조금만 더 앞으로 갔다면 그 밤중에 저수지에 빠져 익사할 수도 있었던 상황이었겠죠. 뭔가에 홀린 건지 정말 이해가 가질 않았어요.

급하게 낚시하던 곳으로 와서 용품을 정리하고 집

으로 곧장 가려고 했습니다. 한참 정리하던 중에 저수지 부근에서 차 한 대가 정차하며 클락션을 울리더라고요. 그리고 창문을 열더니 다급하게 저에게 물었습니다.

"아저씨 죄송한데 9살짜리 여자아이 보셨어요?"

30대로 보이는 젊은 여자 목소리였습니다. 아이를 보긴 봤는데 풀숲으로 들어가더라고 이야기했고 너무 빨라서 쫓아가질 못했다고 이야기해 줬습니다. 장비를 정리하고 차에 타 시동을 거는데 시동이 걸리지 않았어요. 알고 봤더니 라이트를 켜둔 상태로 내려서 배터리 방전이 된 거였죠. 시간도 늦었고 근처 찜질방도 있어서 한숨 자고 가자며 찜질방으로 들어갔습니다. 다음 날 보험사를 불러 배터리 충전을 하고 가려는데 마을 주민으로 보이는 어르신이 지나가시더라고요. 어제 일이 문득 생각이 나서 여쭤봤습니다.

"저 어르신 제가 어제 낚시를 하다 어린아이를 봤는데…….마을에 무슨 일 없습니까?"

그러니 어르신이 하시는 말씀이 찜질방 손님들도

그렇고 여기 근처 오는 사람들도 한 번씩 그런 소리를 했다고 말씀하셨어요. 그리고 마을에 남편 없이 사는 엄마와 딸이 있었는데 집이 경매로 넘어가고 쫓겨나듯이 하고서는 그 후로 행방불명이 되었다고 하더군요. 뭐 저수지에서 본 아이와 급하게 클락션을 울리며 차에서 아이 안부를 물어봤던 그 여자와 관련이 있을지는 모르겠지만 분명 무슨 일은 있었던 게 아닐까 생각이 드네요. 제가 그날 밤 쫓아갔던 그 아이는 사람이 맞을까요? 저는 그 후로 밤낚시는 가지 않습니다.

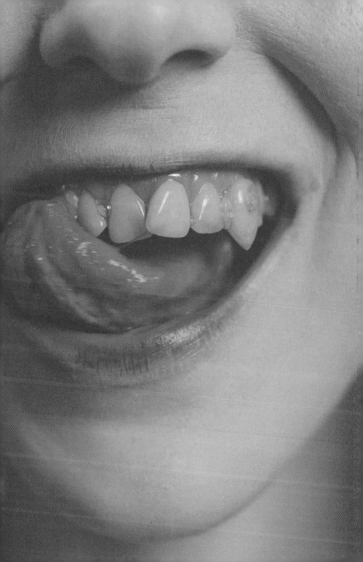

곰인형과 보약

　이제 30대인 저는 당시 결혼 4년 차로, 아이가 3살
이 됐을 때였습니다. 결혼 초기 남편과 대구에 거주하
고 있었는데 남편 직장이 전라북도 남원으로 발령이 나
서 의도치 않게 주말부부가 되었습니다. 처음에는 남편
직장 근처로 집을 구하려고 했지만 대구 지점에 자리가
나면 근무지를 바꿀 수 있다고 해서 저와 아이는 대구에
거주하고 남편은 주말마다 내려오게 되었죠. 그렇게 평

범하던 일상에 정말 무서운 일을 겪게 되었습니다.

주말 아침 남편에게 전화가 왔습니다.

"어, 여보 난데 오늘 몸이 좀 안 좋네……. 이번 주는 못 내려갈 거 같아."

남편이 딸바보라 아이를 무척 보고 싶어 해서 결국 제가 아이를 데리고 남원으로 가기로 했습니다. 결혼 전부터 운전을 자주 해서 문제가 될 건 없었고 아이 용품을 챙기고 나서 카시트에 아이를 태워 출발했습니다. 광주-대구 고속도로를 타고 대구에서 남원까지 대략 2시간 정도 걸리는 거리였죠. 운전한 지 1시간 정도 지났을 때 목도 마르고 해서 거창 휴게소에 들리게 되었습니다. 아이를 유모차에 태우고 휴게소 편의점에 들려 생수와 커피를 사고는 차로 돌아가고 있었죠. 그때 뒤에서 누군가 절 부르는 소리가 났습니다.

"저기 죄송한데 부탁 하나만 드려도 될까요?"

40대에서 50대 사이로 보이는 중년 남자였는데 표정이 굉장히 다급해 보였습니다. 저는 무슨 부탁이냐고 물어보니 그 남자는 이렇게 말을 하더군요. 지갑을 잃어버렸는데 배도 고프고 자동차 기름도 넣어야 해서 급하게 5만 원만 빌려달라는 겁니다. 남자는 트럭에 인형을 싣고 판매하는 일을 하고 있다던데 5만 원짜리 인형과 여자에게 몸에 좋은 보약까지 준다고 하더군요. 순간 들었던 생각이 얼마나 급했으면 유모차를 끌고 가던 아이 엄마에게까지 이런 부탁을 할까 안타까운 마음이 들었죠.

어려운 사람 돕는다 생각하고 5만 원을 건넸더니 트럭 뒤에서 커다란 곰인형과 보약으로 보이는 조그만 박스를 가지고 오더군요. 저는 괜찮다고 사양했는데 그 남자는 굳이 차 문까지 열어서 곰인형을 실어주고 가지고 가라고 하더군요. 그리고 여자에게 좋은 보약이라면서 박스에서 보약을 꺼내더니 먹어보라고 하는 겁니다. 나중에 먹겠다고 이야기하니까 보약 하나를 뜯어 마시고는 운전하면 잠도 안 오고 좋다고 계속 권하는 거였죠. 성의를 봐서 맛만 살짝 보고는 급한 일이 있어서 가

봐야겠다고 차에 올라탔습니다.

　시동을 걸고 출발하는데 그 남자는 그 자리에 서서 제 차를 뚫어지게 보고 있더군요. 그때까지는 지갑을 잃어버린 남자를 도와준 것이라고 밖에 생각하지 않았습니다.

　그렇게 남편 회사 숙소에 도착했고 시간을 보내다 일요일 3시쯤 대구로 내려오고 있을 때였죠. 아이를 신경 쓰며 운전까지 하다 보니 온몸이 피곤하더군요. 휴게소를 지나고 마지막 졸음쉼터가 보이길래 잠깐 쉬었다 가자 싶어서 쉼터에 차를 세웠습니다. 그때 카시트 옆 보약이 들어있는 박스가 보이더라고요. 아이를 챙기다 보니까 보약이 있었는지 생각도 하지 못했죠.

　그 남자가 피로회복에 좋다고 강조했던 게 기억이 나서 그 자리에서 보약 하나를 먹었습니다. 그리고 남편에게 전화해서 30분만 더 가면 도착하니까 집 가서 연락한다고 말하고 차에 타서 출발하려고 하는데 눈앞이 흐리고 술을 먹은 것처럼 어지러운 느낌이 들더군요. 그

때부터 기억이 나지 않습니다. 얼마나 시간이 지났는지 모르겠는데 눈을 떠보니 아이는 울고 있고 해가 져서 저녁이 되어 있더군요. 깜짝 놀라서 일어났고 아이를 안고 달래주며 시간을 봤더니 저녁 8시가 넘어가고 있는 겁니다. 그리고 남편에게 부재중 전화가 수십 통이 와 있더군요. 남편에게 전화해서 자초지종을 이야기하고 집으로 도착했습니다.

다음 날 아이를 친정에 맡기고 나서 한약을 들고 곧장 경찰서로 찾아갔죠. 휴계소에서 어떤 남자에게 받았는데 한약을 먹고 나서 잠이 들었다고 뭔가 문제가 있는 것 같다고 진술했습니다. 그리고 3주 정도가 지나 충격적인 소식을 듣게 되었죠. 한약에 환각 수면제 성분이 들어 있었는데 시중에 유통되는 수면제를 갈아서 넣은 것 같다고 형사님이 말하더군요.

전화를 끊고 나서 소름이 끼치고 무서웠습니다. 사람마다 수면제 반응이 다르지만 저 같은 경우는 평소 수면제를 먹어본 적이 없어서 반응이 빠르게 나타난 것 같더라고요. 그렇게 두 달이 지나 그 남자는 다른 휴게소에서 검거되었다고 합니다. 조사 결과 생활비를 마련하기 위해서 범행을 저질렀다고 하던데 주로 휴게소에서 여성과 아이가 있는 대상으로 범행을 시도했고 곰인형을 주면서 아이 엄마에게 접근한 뒤 수면제를 탄 한약을 건넸다고 합니다. 만약 한약을 마시고 잠이 들게 되면 차에 있는 금품을 훔치고 아이까지 납치했다고 하더군요.

경찰이 확인한 피해자는 저 포함 6명으로 밝혀졌고 확인되지 않은 피해자가 더 있을 것으로 보인다고 했죠. 남편과 친구들은 다들 기겁을 하며 모르는 사람이 주는 건 절대 먹지 말라고 하더군요. 그때 그 남자가 건네준 한약을 마셨더라면 어떻게 됐을지 생각만 해도 소름이 끼칩니다. 어리석은 저 때문에 아이가 위험해질 뻔한 게 너무 자괴감이 들었어요. 이 사건을 겪고 나서 사람이 진짜 무섭다는 걸 다시 한번 느끼게 되었습니다.

숨겨진 일행

때는 5년 전에 있었던 일입니다. 친구와 야간 라이딩을 하다가 소름 끼치는 경험을 하게 되어서 제보를 하게 되었습니다.

저는 경주에 살고 있는 40대 미혼 여성입니다. 주말마다 운동 삼아 자전거를 타는 게 취미였죠. 처음부터 혼자 했던 건 아니고 운동을 좋아하던 친구가 있었는데 그 친구와 같이 자전거를 타면서 본격적인 라이딩을 하게 되었습니다. 무서운 경험을 했던 그날은 친구와 함께 야간 라이딩을 하던 날이었죠. 굉장히 무더웠던 여름날이라 야간에 자전거를 타기로 약속을 하고 자전거 라이트와 후미등 안전장치 설치 후 친구와 출발했습니다. 코스는 경주국립박물관을 거쳐 월정교 방향으로 내려가 동남산 가는 길로 잡았었죠. 왕복 13킬로미터 정도 되는 짧은 거리였습니다. 저녁 9시에 출발해서 중간마다 쉬면서 갔더니 1시간 정도 걸리더군요. 그리고 목적지에 도착해서 친구와 이야기를 하다가 다시 집으로 돌아가는 길이었죠.

　　코스 중에 자전거전용도로가 아닌 일반국도가 있었는데 차들이 드물게 지나다니고 가로등도 많이 없는 어두운 길목이 있었습니다. 혹시 뒤에서 차가 올지도 모르는 상황이라 친구가 앞장서고 저는 친구 뒤를 따라가는 일렬 주행을 하고 있었죠. 그때 뒤에서 자동차 라이트 불빛이 보이길래 친구 보고 조심하라고 이야기를 하고 최대한 도로 끝으로 붙어 주행했었습니다.

그런데 그 차가 좀 이상했죠. 대부분 차들은 앞질러서 먼저 가는 게 일상적인데 그 차는 천천히 저희 뒤를 따라오고 있더라고요. 그래서 친구는 먼저 가라는 손짓을 했고 그 손짓을 봤는지 뒤따라오던 차가 저희를 앞질러 가려고 하다가 갑자기 속도를 줄이더니 창문을 열고 무슨 말을 하더군요. 목소리가 작아서 그런 건지 아니면 달리는 차 안에서 말을 하니까 그랬던 건지 잘 들리지 않았습니다. 자전거를 보고 욕을 하는 운전자가 많기 때문에 친구와 저는 신경 쓰지 않고 주행하고 있었죠.

그런데 이번에는 클락션을 계속 누르는 겁니다. 저희가 반응이 없자 결국 그 차는 저희를 막아서더니 급정지했고 깜짝 놀라서 자전거를 멈추게 됐죠. 사고가 날 정도로 위험했던 순간이라 화가 나더라고요. 자전거를 옆에 세우고 왜 그러냐고 화를 내며 물었죠. 차 안에는 20대로 보이는 여성분이 운전하고 계셨는데 차기 문제가 생겨서 급하게 세우게 됐다고 죄송하다고 하는 겁니다.

친구와 저는 화가 났지만 먼저 사과하니까 참고 넘어가기로 했죠. 그리고 자전거 쪽으로 걸어가는데 차 안에 있던 여자가 다급한 목소리로 부탁을 하는 겁니다. 혼자 연습하려고 차를 끌고 나왔는데 차에 문제가 생겨 좀 도와달라고 하는 거였죠. 저와 친구는 둘 다 차에 대해서 아무것도 모르니까 도움이 안 될 거 같다고, 차에 문제가 있으면 보험사 부르는 게 빠를 것 같다고 이야기했습니다.

그 여자는 중고차를 산 지 얼마 안 돼서 어떻게 하는지 모르겠다고 차에 잠깐만 타서 알려달라고 하는 겁니다. 본인이 가입한 보험사도 모른 채 운전을 하는 사람이 있나 싶어서 어이가 없고 황당했지만 그 여자 표정을 보니 거짓말하는 것 같지는 않아 보였죠. 친구는 안 되겠다 싶어서 조수석에 있는 글러브박스를 확인하기 위해 차에 타려고 하는데 뒤에서 또 다른 차 한 대가 와서 정차를 하더군요. 그리고 그 차에서 아저씨 한 분이 내리더니 무슨 일 있냐고 물어보셨죠. 자초지종을 설명하니까 그 아저씨가 도와주겠다고 하더라고요. 차에 대해서 아무것도 모르는 저희보다 아저씨가 잘 아시는 것 같아서 친구와 저는 자전거를 타고 출발했죠.

한 5분쯤. 지났을 때였습니다. 뒤에서 빠른 속도로 차 한 대가 다가오더니 창문을 열고 큰소리로 한마디 하더라고요. 그 한마디는 뒤 차를 조심하라고 하는 겁니다. 얼굴을 봤더니 좀 전에 저희 대신 도와주겠다던 아저씨였죠. 그리고 아저씨는 급하게 운전을 하며 시야에서 사라졌고 친구와 저는 갓길로 향했습니다. 자전거를 숨기고 갓길로 들어가자마자 멀리서 자동차 불빛이 보였죠. 그 차가 지나가길 기다리면서 갓길 안쪽에서 몰래 지켜보고 있는데 그 차는 천천히 이동하면서 창문을 열어 뭔가를 찾고 있는 모습이었습니다.

그 모습을 보고 순간 소름이 끼치더라고요. 그 차는 조금 전에 봤던 여자가 타고 있던 차량이었는데 혼자 운전을 한다던 여자의 말과 다르게 뒷좌석에는 남자가 담배를 피우며 앉아있더라고요. 창문을 열고 욕을 하는 소리가 생생하게 들렸고 뒷자리는 한 명이 아닌 두세 명 정도가 타고 있는 거 같았습니다. 아마 도와주겠다던 아저씨도 뒷좌석에 있던 남자들과 분명 사건이 있어서 급하게 도망을 간 건 아닐까 생각이 들었습니다. 그 아저씨가 아니었다면 정말 위험할 수도 있었다는 생각이 들더군요.

한 달쯤 지나 경찰서에서 참고인 조사 통보가 왔고 그날 겪은 사건에 대해 설명을 했죠. 그 일당들은 그날 밤 저희를 놓치고 다른 범죄를 저지르다 검거되었다고 했습니다. 그리고 경찰서를 나오는데 저희를 도와줬던 아저씨를 만나게 됐죠. 무사해서 정말 다행이라고 그날 일을 이야기하는데 정말 섬뜩한 기분이 들었습니다.

그날 밤 저희가 출발하고 나서 아저씨는 그 여자를 도와주려고 차 문을 열었더니 뒷자리에 누가 쪼그려 앉아있었다고 하더군요. 뭔가 느낌이 이상해서 아저씨는 차에 공구를 들고 오겠다고 하고 급하게 차로 돌아가 도망을 간 거라고 합니다. 그리고 저희에게 조심하라고 이야기했고 신고했던 거였죠. 아저씨는 차에 타기 전 바닥에 떨어진 명함을 주웠는데 알고 보니 그건 제 명함이었고 그걸 보고 경찰에서 연락이 왔던 겁니다. 아저씨가 조금만 늦었더라면, 그 여자를 도와주기 위해 친구는 그 차에 탔을지도 모르겠습니다. 그날 일을 생각하면 너무 섬뜩하고 무섭습니다.

위험한 식당

때는 10년 전 친구와 함께 곡성 지역에서 경험했던 일입니다. 그 당시 20대였던 저는 한 달에 한 번 1박 2일로 여행을 다녔죠. 지금이야 영화 덕분에 유명한 관광지가 되었지만 10년 전만 해도 곡성이라고 하면 잘 모르시는 분들도 있었을 때였습니다.

친구 민수와 저는 고등학교 때부터 알고 지낸 사이입니다. 민수와 친해진 이유가 한 가지 있었는데 나이에

맞지 않게 등산을 좋아한다는 것이었죠. 물론 저도 산을 굉장히 좋아하는 편입니다. 어릴 때부터 아버지와 함께 산을 타서 그런지 울창한 나무와 우거진 숲을 보면 마음이 편안해지고 머리도 맑아지는 기분이 들더군요.

어쨌든 저와 민수는 고등학생부터 같이 산을 타기 시작했고 서울 인근에 있는 등산로는 길을 외울 정도로 많이 다녔습니다. 21살이 됐을 무렵 저는 부산에 있는 53사단 훈련소에 입대하게 됐죠. 민수는 저보다 세 달 정도 늦게 군 입대한 걸로 기억합니다. 입대하기 전 민수와 약속을 한 가지 했는데 전역하고 나면 다른 지역도 가보자고 하더군요. 고등학생 때는 학생 신분이라 금전적인 부분도 그렇고 외박도 하기 힘들어서 서울 인근만 갔던 거였죠.

그렇게 시간이 흐르고 저와 민수는 전역을 하게 되었습니다. 오랜만에 민수와 집 근처 치킨집에서 맥주를 한잔하고 있었죠.

"민수야, 곡성에 있는 동악산 가볼래?"

많고 많은 산중에 동악산을 선택한 이유는 딱히 없었고 검색하다가 사진으로 보니 너무 좋아 보여 고른 것이죠. 그리고 곡성이라는 곳이 시골이라 옛 감성을 느끼고 싶기도 했습니다.

민수는 렌터카를 빌려왔고 저희들은 곡성으로 출발했죠. 경부고속도로를 타고 300킬로미터 정도 걸리는 꽤 먼 거리였습니다. 4시간 정도 걸려 곡성에 도착했고 그날은 숙소에서 쉬고 다음 날 아침 일찍 등산 계획을 세웠죠. 배가 고파서 민수에게 라면이나 끓여 먹자고 했더니 오랜만에 여행 왔으니까 좋은 거 먹자고 하더군요. 펜션 사장님에게 여쭤보니 근방에 있는 닭백숙집을 추천해 주셨습니다.

차를 타고 사장님이 추천해 주신 가게로 찾아갔더니 자리가 없다고 하더군요. 하는 수 없이 차를 돌려 다른 곳을 찾고 있는데 눈앞에 표지판 하나가 보였습니다. 닭백숙, 오리탕 전문점이라고 적혀있었고 민수는 표지판이 가리키는 방향으로 차를 돌렸습니다. 아스팔트 길이 아닌 비포장도로였는데 10분 정도 차를 몰고 들어갔던 것으로 기억하고 있습니다. 표지판 끝자락에 도착하니 낡은 주택 하나가 보이더라고요. 영업하는 가게가 맞는지 의문이 들었죠. 누가 봐도 간판도 없는 낡은 주택으로 보였습니다.

"민수야, 내가 가서 물어보고 올게."

저는 차에서 내려 주택으로 들어갔죠.

"저기요, 계세요?"

그때 40대 정도로 되어 보이는 아저씨가 웃으면서 다가오는 겁니다.

"아저씨 여기 식당 맞아요……?"

그랬더니 혼잣말을 중얼거리면서 웃기만 하더군요. 다시 한번 물었지만 여전히 알아듣지 못하는 말을 하길래 식당이 아닌 것 같다는 생각이 들어 나가려고 했습니다.

"어이 학생, 어떻게 왔어?"

그 순간 주방에서 사장으로 보이는 다른 아저씨

가 나왔는데 보자마자 위압감이 들더군요. 덩치도 크고 인상이 너무 무서웠습니다. 저는 표지판을 보고 백숙 파는 집인 줄 알고 들렀다고 하니까 웃으면서 말씀하시더군요.

"내가 가게 사장이야. 맛있게 해줄게. 혼자 왔어?"

전 친구와 둘이 왔다고 했고 백숙 두 그릇을 주문하고 나서 민수를 불렀습니다. 백숙을 기다리고 있는데 아까 혼잣말을 하면서 웃고 계신 아저씨가 밑반찬을 가져다주셨어요. 아저씨는 반찬을 놓아주다 실수로 김치 그릇을 바닥에 떨어뜨렸습니다.

그 후에 아저씨 행동과 말이 조금 이상하다는 걸 알게 되었죠. 갑자기 바닥에 무릎을 꿇더니 잘못했다고 때리지 말라고 하는 겁니다. 저희는 당황해서 무슨 말씀하시냐고 되묻고 있는데 주방에 있던 사장님이 화를 내며 걸어오더군요.

"아이, 씨! 방에 들어가 있어."

그리고 무릎을 꿇고 있는 아저씨를 일으켜 세우더

111

니 머리채를 잡고선 끌고 가는 겁니다. 저와 민수는 가서 말려야 하나 고민하다가 큰일 날 것 같아서 끌고 가는 사장님에게 말했죠.

"저 사장님 저희 괜찮아요. 너무 화내지 마세요."

그러니까 갑자기 표정이 무섭게 바뀌면서 말하더군요.

"조용히 하고 백숙이나 먹고 가라."

그 자리에서 한마디 더 했다가는 분명 무슨 일이 생길 것 같아서 아무 말도 못 했습니다. 그렇게 백숙이 나왔고 눈치를 보면서 먹고 있는데 20대 정도로 보이는 어떤 여자분이 가게 안으로 들어오더군요. 그리고 갑자기 저희 쪽으로 오더니 90도로 인사를 하는 겁니다. 그러고서는 가게 사장이 있는 쪽으로 가더니 그 사장과…… 스킨십을 하더군요. 누가 봐도 나이 차이가 많이 나는 것 같아 보였고, 그렇다고 아빠와 딸도 아닌 것 같고, 뭔가 이상했습니다.

저희는 서둘러 먹고 나서 일어나려고 하는데 반찬

을 가져다주신 아저씨가 보이더군요. 그런데 그 아저씨 얼굴이 퉁퉁 부어있었습니다. 분명 반찬을 가져다줬을 때는 멀쩡했던 게 기억이 났거든요. 저희는 가게 사장이 아저씨를 때린 게 분명하다고 확신했고 몰래 112에 신고했습니다.

잠시 후 지구대에서 경찰관이 도착했고, 저희가 목격했던 일을 이야기했습니다. 그랬더니 경찰관이 웃으면서 말하더군요. 여기는 시골이라 다들 사람이 좋아서 나쁜 일은 안 생긴다고. 그 아저씨는 지적장애인이라 혼자서 자해를 했을 거라고 추측을 하는 겁니다. 경찰관은 오히려 가게 사장 보고 칭찬을 하더군요. 가족도 돌보기 힘든 장애인들을 돌보겠다고 자격증까지 따고는 한 명도 아닌 둘이나 보살펴주고 있다고 말씀하셨습니다. 그말은 20대로 보이는 젊은 여자분도 장애인이라는 소리겠죠.

그렇게 경찰관은 돌아갔고 저희도 계산하고 나가려는데 갑자기 사장 아저씨가 칼을 들고 쳐다보더니 이상한 말을 하더군요. 너희들 오늘 정말 운 좋다고요. 뭔가 소름이 돋아서 민수와 서둘러 차로 돌아왔고 서서히 출발하는데 사이드 거울로 그 아저씨 모습이 보였죠. 확실하지는 않지만 분명 웃고 있는 게 기억이 납니다.

저희는 등산은 다음에 하기로 하고 숙소에만 있다가 다음 날 서울로 올라갔죠. 제 추측으로는 장애인을 이용해서 나쁜 짓을 한 게 아닌가 생각이 들더군요. 그때 봤던 아저씨 얼굴이 아직까지 기억이 납니다. 위험한 식당가 아닐까 하는 생각이 들었고 특히 젊은 여자분도 걱정이 됩니다. 벌써 10년이나 지난 일이지만 부디 제 착각일 거라 믿고 싶습니다.

가지고 싶은 것

때는 7년 전 군 복무를 할 당시 있었던 이야기입니다. 제가 직접적인 피해를 본 건 아니지만 다시 생각해 봐도 소름이 돋는 일입니다. 21살 겨울, 경기도에 위치하는 51사단 훈련소에 입대하게 되었습니다. 훈련소에서 5주간 훈련을 끝마친 후 이등병 계급장을 달고 자대 배치를 받게 되었습니다. 자대 배치란 훈련소에서 신병교육 훈련을 마친 병사를 근무할 부대에 배치하는 것을 말합니다. 비로소 군 생활이 시작되는 거죠.

저는 경기도 광주시에 있는 부대로 배치를 받게 되었습니다. 입대 전 컴퓨터 자격증이 많아서 행정병으로 근무하게 되었죠. 6개월쯤 지나 일병으로 진급했고 군번이 좋았던 건지 제 밑으로 부사수들이 많이 들어왔습니다. 일명 풀린 군번이라고 부르죠. 그렇게 군 생활을 하다 1년이 넘었을 무렵 섬뜩한 일이 벌어지게 되었습니다.

저희 부대에는 소대장과 부소대장이 있었는데 소대장 직급은 소위, 그리고 부소대장 직급은 하사였습니다. 소대장과 부소대장 둘 다 키도 크고 외모도 잘생긴 편이었죠. 심지어 나이도 같다고 들었습니다. 아시는 분도 계시겠지만 군대 안에서는 나이보다 계급이 우선시 되기 때문에 소대장과 부소대장이 나이는 같아도 상급자 대우를 하는 게 당연한 거였죠.

하지만 부대 밖에서는 친구 사이로 지낸다고 소문이 나 있었습니다. 소대장 부소대장 사이니까 근무 시

서로 붙어 있는 시간이 많았고 친하게 지내다 보니 이런 저런 가정사에 대해서도 많이 안다고 들었습니다. 심지어 휴가도 같이 맞춰서 나가기까지 했었죠.

두 사람이 다른 부분이 있다면 소대장(소위) 같은 경우 ROTC라서 군 생활만 채우면 전역이지만 부소대장(하사)은 직업군인으로 들어왔기 때문에 군 생활을 계속해야 되는 부분이었습니다. 그리고 또 한 가지, 소대장은 군입대 전 만나던 여자친구가 있었고 부소대장은 혼자였던 점이었죠.

그런데 소대장은 여자친구와 사이가 좋지 않았습니다. 얼마나 답답하고 힘들었으면 사병인 저를 불러서 고민 상담을 했을 정도니까요. 물론 그때마다 옆에 있던 부소대장은 힘내라며, 전역하고 나서 잘해보라고 위로해줬습니다. 하지만 결국 소대장은 여자친구와 헤어지게 되었죠. 여자친구와 헤어진 소대장 모습은 극단적인 선택을 해도 이상하지 않을 만큼 힘들어 보였습니다.

사건은 소대장이 전역을 한 달 앞두고 있을 때 일어

낫죠. 제가 근무하던 행정반에 들어갔더니 컴퓨터가 창문 밖으로 던져져 있고 바닥에는 갖가지 물품들이 떨어져 있었습니다. 그리고 소대장이 부소대장 멱살을 잡고 소리를 지르고 있더군요.

"야! 네가 그래도 되냐?"

소대장이 부소대장을 죽일 듯이 노려보면서 이야기하는데 말리지 않으면 큰일 날 것 같았습니다. 저와 제부사수가 급하게 뜯어말렸죠. 이 일로 한 달 후 소대장은 전역을, 부소대장은 다른 부대로 전출을 가게 되었습니다. 사건은 순식간에 소문이 퍼지게 되었죠.

사건의 내막은 이렇습니다. 소대장이 부소대장에게 여자친구 사진을 보여줬는데 상당히 미인이었답니다. 아마 그때부터 부소대장이 마음을 먹은 것 같더군요.

'이 여자 내 거다. 무슨 짓을 해서라도 뺏어야겠다.'

그런 생각을 하면서 소대장에게 접근했던 겁니다. 부소대장은 소대장에게 "여자친구 어디 살아?" "이름은 뭐야?" "몇 살인데?" 이런 질문을 관심 없는 척 가끔 물어봤다고 합니다. 그러다 소대장이 여자친구와 다투고 힘들어할 때 부소대장이 화해시켜 준다며 소대장 여자친구 번호를 달라고 했답니다.

하지만 그날부터 소대장과 여자친구가 싸우는 날이 더욱 잦아졌다더군요. 소대장이 여자친구와 헤어지자마자 부소대장은 소대장 여자친구였던 사람과 사귀었다고 합니다. 그리고 모르는 척을 하며 위로해주고 있었죠.

어느 날 소대장이 부소대장 카톡 프로필을 보는데 여자와 함께 찍은 사진이 있더군요. 그런데 이모티콘으로 여자분 얼굴을 가리고 있어서 좀 이상하다고 생각했답니다. 며칠이 지나서 소대장은 헤어진 여자친구 카톡 프로필을 봤는데 이번에는 이모티콘으로 남자 얼굴을 가리고 있었다고 합니다. 부소대장 프로필과 전 여자친구 프로필이 같은 배경이었죠. 소대장은 너무 충격을 받아서 그날 행정반에서 다툼이 일어났던 겁니다. 부소대장은 소대장과 여자친구 사이에서 이간질을 하며 헤어지게 만든 거였죠.

그런데 정말 소름 돋는 사실이 하나 있었습니다. 행보관님이 부소대장 이야기를 하더군요. 부소대장을 병사 때부터 지켜봤는데 뭔가 이상하다고 말했습니다. 부소대장이 병사 시절 늘 하던 이야기가 있었다고 했죠. 본인은 가지고 싶은 게 있으면 수단과 방법을 가리지 않고 결국 가진다고 입버릇처럼 말했다고 하더군요. 그래서 동기 중 한 명이 가지고 싶은데 못 가지면 어떻게 하냐고 물어보니 본인이 가질 수 없으면 죽여버린다고 말했답니다.

순간 아차 싶었던 게 부소대장이 저에게 했던 말이었습니다.

"너 여자친구나 여동생 있어?"

이렇게 물었던 기억이 떠오르는데 소름 돋더군요. 그리고 그 말을 부대에 있는 다른 병사들에게도 했다고 하더라고요. 시간이 흘러 전역을 하게 되었고 그 당시를 돌이켜보자면 부소대장은 소시오패스 기질이 있던 게 아닐까 하는 생각이 들고는 합니다.

웃는 얼굴

저는 서울에 사는 30대 남성입니다. 지금부터 9년
전 있었던 일이죠. 저는 어릴 때부터 운동을 좋아해서
헬스와 유도 그리고 태권도 등 여러 가지 운동을 하며
지냈어요. 물론 건강한 삶을 살기 위해 운동을 한 건 맞
지만, 또 다른 이유는 제가 위험한 상황에 처하거나 차
후 여자친구 또는 아내를 지켜주기 위한 이유도 없지 않
아 존재했죠. 그렇게 일과 운동을 병행하며 지내고 있을

때 정말 무서운 일을 겪게 됩니다.

　그날은 데이트 약속이 있어 일찍 일어나 외출 준비를 하고 있었어요. 그 당시 여자친구를 만난 지 한 달밖에 안 돼서 만나기 전부터 긴장을 많이 했던 기억이 납니다. 여자친구를 만나 스티커 사진을 찍고 길거리 데이트를 하다가 점심을 먹기 위해 조그만 식당을 들어갔죠. 정확한 상호는 밝힐 수 없지만 대림동에 있는 개인 식당이고 뼈해장국과 일반 정식을 판매하는 곳이었어요. 연애 초기라서 분위기 있는 곳으로 가고 싶었지만 여자친구가 정식을 먹자고 해서 얼떨결에 들어갔던 거죠.

　그리고 식사하고 있는데 잠시 후 가게 문을 열고 특이한 옷차림의 남자가 들어오더군요. 머리는 짧고 상의는 군복, 하의는 일반 반바지를 입고 있었는데 전체적인 모습이 너무 이상해서 여자친구에게 이야기했죠.

　"지수야 저기 좀 봐."

　여자친구는 조심스럽게 뒤를 돌아 그 남자를 쳐다봤는데 그 순간 남자와 눈이 마주쳤고 저와 여자친구는 소름이 끼치더라고요. 그게 그 남자 표정 때문이었는데, 저희를 보고 알 수 없는 웃음을 짓고 있는 겁니다. 밥을 먹으면서 곁눈질로 쳐다보니 그 남자는 계속 저희 테이블을 보면서 웃고 있었죠. 한마디 하려고 했지만 여자친구와 데이트 도중 싸우는 건 좀 그래서 급하게 식당을 나왔습니다. 여자친구도 신경 쓰지 말라고 했고 아무 일도 일어나지 않기에 그냥 넘기기로 했죠.

저녁쯤 여자친구를 바래다주고 혼자 집으로 걸어가고 있었어요. 여자친구 집과 저희 집은 걸어서 15분 정도 걸리는 가까운 거리였는데, 걸어가는 골목에 오래된 슈퍼가 하나 있습니다. 슈퍼를 지나면 양옆으로 주택 건물이 있는 평범한 길이었죠. 평소에는 집에 도착할 때까지 여자친구와 통화를 하며 걷는데 그날은 가족 모임이 있다고 해서 통화는 하지 않고 그냥 집으로 향하던 중이었어요. 슈퍼를 막 지나쳤을 때 엄마에게 전화가 왔습니다.

"응, 엄마? 지금 집 가는 길이니깐 사갈게."

    엄마는 슈퍼에 들러 맛소금을 사 오라고 하셨고 저는 통화를 끝내고 뒤를 돌았죠. 그때 누군가 급하게 슈퍼로 들어가는 걸 목격했고 어두워서 정확하게 보진 못해 그냥 손님이겠구나 생각했습니다. 슈퍼로 향하는 길에 여자친구 전화가 왔고 5분쯤 짧게 통화하고 저도 슈퍼로 들어갔어요.

    그런데 문을 열고 들어가자마자 정말 황당하더군요. 슈퍼 안에는 아까 식당에서 봤던 군복을 입은 남자가 있는 겁니다. 이게 우연인지 모르겠는데 식당에서 봤을 때처럼 저를 보며 웃고 있길래 순간 소름이 돋아서 얼른 맛소금을 들고 계산하려고 했죠. 그 슈퍼는 조그만 쪽방이 있는 구조였는데 평소에 주인 아주머니는 손님이 올까 봐 쪽방 문을 열고 앉아계셨어요. 그런데 그날은 쪽방 문이 닫혀 있었죠. 가끔 주인 아주머니가 손님이 온 지도 모르고 주무시고 있을 때도 있어 저는 문을 두드렸습니다.

    그때 뒤에서 그 남자가 말했습니다.

"아무도 없어. 아무도 없어."

그 말만 반복하더라고요. 주인 아주머니가 가게에 안 계신 건 처음이라 당황스러우면서도 섬뜩한 기분이 들었죠. 그 남자는 같은 말을 계속 반복하고 있었고 하는 수 없이 슈퍼를 나가려고 하는데 제 앞을 가로막고 서는 겁니다. 저보다 나이가 많아 보여 길 좀 비켜달라고 정중하게 말하니까 장난을 치면서 계속 길을 막았죠. 제가 가는 방향으로 똑같이 몸을 움직이면서 왼쪽으로 가면 왼쪽을 막고, 오른쪽으로 가면 오른쪽을 막았어요.

저는 슬슬 짜증 나기 시작했고 그 남자를 힘으로 밀고 지나가려고 할 때 엄청난 고통에 소리를 질렀습니다. 그 남자는 조그만 식도를 들고 제 허벅지를 찌르고 도망치듯 슈퍼를 나가버렸습니다. 너무 고통스러워서 바닥에 앉아 있는데 그때 쪽방 문이 열리면서 주인 아주머니가 나오셨고 저를 보고 깜짝 놀라면서 급히 119에 전화하셨죠. 아주머니가 그러시는데 제가 슈퍼에 들어오기 직전 군복을 입은 남자가 들어와 칼을 들고 위협했다

127

고 합니다. 그리고 아주머니는 서둘러 쪽방으로 들어간 뒤 문을 잠그고 신고했다고 했죠. 경찰이 오기만 기다렸고 슈퍼 출입문이 열리는 소리가 나서 쪽방 밖으로 나오셨다고 하더라고요. 잠시 후 경찰과 응급차가 도착해 저는 병원으로 실려 갔고 평소 운동을 했던 덕분인지 생각보다 자상이 깊지 않아 일주일 정도 입원을 했죠. 그 사건이 있고 나서 며칠 후 그 남자는 식당에서 검거됐는데 그것 또한 정말 황당하더라고요.

그 남자는 식당을 들어가 밥을 먹고 식당 주인에게 돈이 없다고 말했다고 합니다. 식당 사장은 한숨을 쉬며 그냥 가라고 했는데 갑자기 칼을 꺼내 왜 한숨을 쉬냐면서 돈 없다고 무시하는 거냐고 난동을 부렸다고 했죠. 옆에서 식사를 하던 손님 중 한 분이 경찰에 신고했고 식당 안에서 검거되었다고 합니다. 그리고 경찰서에서 스스로 범행을 시인했다고 하더군요.

정말 소름 돋았던 사실은 제가 여자친구와 데이트를 하던 날 그 남자와 식당에서 눈이 마주치고 저희가 식당을 나갔을 때부터 저희 뒤를 따라오고 있었다고 합니다. 그 남자는 저와 여자친구 둘 중 혼자 있는 상황만 노리고 있었는데 제가 여자친구를 데려다주고 집으로 가는 모습을 보고 기회라고 생각했다고 하더군요.

범행을 했던 이유는 저희가 웃으면서 밥을 먹고 있는 모습이 보기 싫었다고 합니다. 다르게 생각하면 집으로 가다 엄마 전화를 받은 게 어떻게 보면 다행일지도 모르겠네요. 만약 그 남자가 집까지 따라왔다면 저희 가족까지 해코지했을 수도 있으니까요. 제가 살면서 위험한 상황이 오면 대처를 하기 위해 수많은 운동을 했지만 막상 그 상황이 되고 나니 건장한 남자라도 어쩔 수가 없더군요. 그 남자는 살인미수로 5년형을 선고받았는데 조현병과 심신미약에 해당하여 감형을 받았죠. 상의는 군복, 하의는 회색 반바지. 항상 같은 옷을 입고 다녔고 두상이 꽤 긴 편이었습니다. 지금은 대림동을 떠나 다른 곳에 살고 있지만 언젠가 다시 나타날 수도 있으니 정말 조심하시길 바라겠습니다.

반컨의 여자친구

벌써 6년이나 지난 일인데, 지금도 왜 그런 선택을
했는지 정말 이해가 가지 않습니다. 지금부터 6년 전,
12월 30일에 친구와 20대의 마지막을 보내기 위해서
부산 기장으로 놀러갔습니다. 한 달 전부터 여행 계획을
세웠고 학창 시절 가장 친했던 친구와 둘이서 하는 여행
이었죠. 일정은 30일부터 1월 1일까지 2박 3일이었는
데 해돋이까지 보고 올라올 예정이었어요. 펜션에 도착

해 짐을 풀고 간단하게 라면을 먹고 나서 한숨 자고 일어났더니 벌써 저녁 시간이 다 되어갔죠. 남자끼리 펜션 가면 딱히 할 게 없잖아요? 뭐, 저희도 별다를 건 없었고 20대 마지막이라고 해서 평소와 다른 것도 아니었습니다. 앞자리가 바뀌는 나이라 그런지 기분이 우울해서 친구와 술을 마시며 옛날이야기를 나누었고 감성에 취했는지 겨울 바다를 보러 나갔죠.

나가자마자 너무 춥고 바람이 불어서 "야, 안 되겠다. 그냥 들어가자" 하고 펜션으로 들어가려는데 펜션에서 나오는 여성분과 어깨가 부딪히는 사고가 발생했습니다. 제가 여성분을 보지 못하고 걷는 바람에 여성분이 들고 있는 휴대폰이 바닥에 떨어져 액정이 나가버린 거죠. 너무 죄송해서 몇 번이나 사과드리고 보상해드리기로 했습니다. 그 사건으로 연락처를 주고받았는데 서로 연락하다 보니 점점 가까워졌고 결국 사귀는 사이가 됐죠.

저는 대구에 거주하고 여자친구는 부산에 살아서

장거리 연애라고는 할 수 없겠지만 그래도 가까운 거리는 아니다 보니 자주 만나기가 힘들었어요. 우여곡절이 있었지만 1년간 잘 만났죠. 여자친구는 다 좋은데 한 가지만 고치면 좋겠다고 늘 생각하고 있었습니다. 그건 욱하는 성격이었어요. 사람마다 화가 나면 하는 행동들이 다양하겠지만 여자친구는 유독 심했어요. 한번은 모텔에 가서 배달음식을 주문했는데 가게 실수로 음식이 잘못 온 적 있었습니다. 가게로 전화했고 배달기사분이 음식을 다시 가져다주셨어요. 하지만 여자친구는 기분이 나빠서 못 먹겠다고 성질을 내더니 본인 화를 이기지 못하고 모텔 TV와 거울을 주먹으로 내리쳐 손이 찢어지는 사고가 났죠. 그렇게 미친 듯이 날뛰고 나면 언제 그랬냐는 듯 엄청 순해지는 성격이었습니다.

물론 연애 초반에는 그러지 않았고 사귄 지 반년 정도 지났을 때 그런 행동이 시작됐죠. 한번 그러기 시작하더니 점점 폭력적으로 변했고 만나기가 무서워지더라고요. 그런 이유 때문에 헤어지자고 몇 번 통보했지만 그럴 때마다 집까지 찾아와 밤새 울고 빌고, 그게 통하지 않으면 갑자기 차에 뛰어든다며 협박까지 했죠. 정말 믿기지 않겠지만 싸울 때마다 드라마 한편 찍는 기분이었어요. 여기까지는 저와 둘 사이의 문제니까 헤어지면 해결되는 셈이겠죠. 그런데 정말 무서운 사건은 사귄지 400일 지났을 때 시작되었습니다.

그날 여자친구와 부산 서면에서 데이트를 하고 있었는데 처음 보는 남자가 의도적으로 절 밀치고 가더군요. 사람이 붐비는 것도 아니었고 충분히 비켜 갈 수도 있음에도 제 어깨를 치고 간 겁니다. 기분이 좋지 않았지만 술을 많이 마신 취객이라 생각하고 그냥 무시했는데 그때 옆에 있던 여자친구가 그 남자에게 다가가 욕을 하기 시작했죠. 차마 여기에 쓰기도 힘든 욕인데 1년 넘게 만나면서 폭력적인 모습은 봤어도 욕을 이렇게 하는 건 또 처음이었어요. 그만하라고 여자친구를 말리고 있는데 그 순간 그 남자가 여자친구를 뺨을 때렸고 저는 화를 참지 못하고 그 남자와 싸우게 되었습니다. 결국 지나가시는 행인분들이 말리고 나서야 싸움이 종료됐죠.

"자기야 괜찮아? 병원 다녀와서 경찰에 신고하자."

제가 이렇게 말했는데 여자친구는 절대 신고하지 말라고 하는 겁니다. 왜 그러냐고 하니까 그냥 경찰서 들락날락하는 게 귀찮다고 하더라고요. 그렇게 400일 데이트는 싸움만 하다 끝이 나버렸습니다.

그리고 며칠이 지나 충격적인 소식을 듣게 되었습니다. 여자친구 어머니에게 걸려 온 전화인데 저보고 대뜸 "안 말리고 뭐 했냐"며 언성을 높이셨죠.

"네? 그게 무슨 말씀이세요? 저는 퇴근하고 집에 있었는데요."

그날 여자친구는 어머니에게 저를 만나러 나간다고 하고 집을 나선 지 2시간쯤 흘러, 서면의 한 술집에서 검거되었다고 합니다. 죄목은 살인미수라고 하던데 거기까지 이야기를 듣고 전화를 끊었습니다. 일주일이 지나 자세한 이야기를 여자친구의 절친에게 듣게 됐고 모든 상황을 알고 나니 사귀는 관계를 떠나 사람이 무섭다는 걸 다시 한번 느꼈습니다.

그날 여자친구는 절친을 만날 계획이었는데, 부모님이 평소 그 친구 만나는 걸 굉장히 싫어했다고 합니다. 그래서 거짓말로 저를 만난다고 했나보더라고요. 둘이 서면 시내를 걷고 있는데 여자친구가 갑자기 멈칫하며 어떤 남자를 유심히 봤나봐요. 옆에 있던 친구가 뭘 보고 있냐고 물었더니 아무 말도 없이 어디론가 미친 듯이 뛰어갔다고 합니다. 친구는 당황스러워서 그 자리에 가만히 서 있었는데 10분쯤 지나 숨을 헐떡이며 다시 돌아와 조금만 기다려 달라고 말했답니다. 그리고 여자친구는 술집으로 들어가 술을 마시고 있는 어떤 남자를 흉기로 수차례 찔렀다고 하더군요. 집에서 나간 지 불과 2시간 만에 일어난 일이라고 했죠. 여자친구는 현장에서 바로 검거됐고 흉기에 찔린 남자는 400일 데이트 때 저희에게 시비를 걸었던 그 남자였습니다.

여자친구가 어떻게 그 남자 얼굴을 기억하고 있는지 이해가 가질 않아서 절친에게 물었는데 사실 저와 만나기 전에 사귀었던 전 남자친구라고 말했죠. 전 남자친구 만나던 시절 싸움이 커져 칼부림까지 일어난 적이 있었는데 신고하지 않아 그냥 넘어갔다고 합니다. 그날 여자친구는 술집에서 전 남자친구를 목격했고 얼마 전 제 어깨를 치며 시비를 걸었던 일이 생각나 곧장 다이소로 가서 칼을 구입했다고 했죠. 그리고 저를 지켜준다는 이유로 그 남자를 죽이려고 했다고 합니다.

주변 사람들이 말려 미수에 그쳤지만 무방비 상태로 칼에 찔린 그 남자는 전치 8주가 나왔다고 하더군요. 결국 여자친구는 실형을 살게 됐고 그 후로 연락은 끊어졌습니다. 아니, 일부러 끊었다고도 볼 수 있죠. 혹시나 집에 찾아올까 봐 제가 이사까지 했으니까요. 현재는 정말 착한 아내와 결혼생활을 하고 있지만 아내에게조차 말하지 못한 이야기입니다. 혼자서 마음에 담고 있으려니 답답하기도 하고 이제 기억에서 지우고 싶은 생각도 들어 이렇게 털어놓습니다.

낯선 여자의
위험한 초대

　저는 현재 부산에 살고 있는 40대 남자입니다. 때는 20년 전, 제가 실제로 겪었던 실화입니다. 그 일을 겪고 나서 현재는 별 탈 없이 지내고 있지만 만약 그때 기사님이 아니었다면 정말 위험해졌을지도 모릅니다. 그 당시 20대 초반 군대를 전역하고 학교를 복학했을 때였죠. 그날은 친구들과 술자리를 가졌는데 눈치를 보며 빠져나와 먼저 집으로 향했습니다. 저는 평소 술을 즐기는 편이 아니었고 간혹가다 한 잔 정도 마시곤 했는데 한 잔만 먹어도 온몸이 빨개지는 증상이 나타나 강제로 금주해야 했죠.

그날도 술은 먹지 않고 친구들과 이야기만 하다 빠져 나왔습니다. 그리고 술집에서 나와 휴대폰을 봤더니 부재중 전화가 수십 통이 와있더군요. 그 당시 쓰던 휴대폰은 흑백 화면에 전화와 문자만 되는 기종이었는데 벨소리가 작아 술집에서 듣지 못했던 겁니다. 부재중 전화의 주인공은 어머니였고 서둘러 전화를 걸었죠. 예상대로 어머니는 전화를 받자마자 화를 내셨고 당장 할머니 댁으로 오라고 하시더라고요. 그제야 생각이 났는데 일주일 전부터 가족사진을 찍기로 약속이 되어 있었습니다. 물론 이날 사진을 찍는 건 아니고, 다음 날 아침 할머니를 모시고 사진관을 방문하는 일정이었는데 친척들이 모이는 자리라 전날 밤 출발한다고 했었습니다. 어머니는 저와 같이 가려고 전화했지만 연락이 되질 않아 먼저 도착했다고 하셨죠. 할머니 댁은 서구 남부민동인데 저희 집에서 버스로는 50분 정도 걸리는 거리였습니다. 그때 시간이 10시. 어머니에게 아침 일찍 출발하면 안 되냐고 물어보니 잔소리를 하시며 얼른 오라고 하셨어요.

저는 정류장으로 뛰어가 초조하게 버스를 기다리고 있었죠. 버스마다 그리고 지역에 따라 다르겠지만 그 당시는 막차 시간이 10시에서 11시 정도로 기억하고 있습니다. 기다리던 버스는 35번 버스였는데 제가 서 있던 정류장에서 남부민동까지 환승하지 않고 한 번에 가는 노선이었죠. 다만 남부민동이 종점인데다 버스 노선이 꽤 길어서 배차 간격이 길었던 것으로 기억합니다. 10시가 넘어가는 시간에 버스가 오지 않을까 봐 걱정하고 있을 때 기다리던 35번 버스가 도착하더군요. 막차인데도 불구하고 생각보다 사람이 많아 저는 뒷좌석 근방에 손잡이를 잡고 서 있었죠. 버스는 출발하고 양정을 지나 서면 부근에 왔을 때 자리가 나더라고요. 제일 뒷좌석 바로 앞에 있는 2인 좌석이었는데 창문 쪽에는 아저씨가 앉아계시고 저는 바깥쪽에 앉게 되었죠. 종일 돌아다닌 탓에 피곤이 몰려와 잠깐 졸게 되었고 창가 쪽에 있던 아저씨가 내리는 인기척에 눈을 떴습니다.

그때 위치가 남포동을 막 지나쳐 자갈치시장 근방이었는데 그곳에서 어떤 여자가 버스에 승차하더군요. 누가 봐도 미인이라고 할 정도로 눈이 가는 외모였고 저는 뭔가에 홀린 듯 여자를 쳐다봤죠. 그 여자는 두리번거리더니 제 옆으로 와서 앉는 겁니다. 오해할 수밖에 없었던 게 버스에는 빈 좌석이 넉넉한 상태였고 '굳이 내 옆에 앉은 이유가 뭐지? 나한테 관심이 있나?' 하며 혼자 이상한 생각을 했죠. 그 순간 여자가 저를 보고 웃으면서 어디까지 가냐고 물어보더군요. 지금 생각하면 정말 어리석고 멍청하다는 생각이 들지만 경계도 하지 않고 처음 보는 여자에게 하지 않아도 될 이야기까지 했습니다. 할머니 생신부터 어디를 가는지까지…….

그 여자는 종점에서 내린다고 했고 사소한 대화를 하다 보니 어느새 다섯 정거장 후면 할머니 댁이었죠.

버스 안에는 저와 그 여자 그리고 버스 기사님뿐이었고 버스에서 내리기 전 번호라도 물어보기 위해서 계속 말을 걸었습니다. 그런데 한 가지, 여자의 행동에서 좀 이상했던 점이 저와 대화할 때마다 누군가와 문자를 하던데 그 타이밍이 정말 이상했습니다. 예를 들면 인터뷰하듯이 질문하고 받아 적고, 뭐 그런 느낌이었죠.

그러다가 종점에 도착하기 전 초장동이라고 있었는데 거기서 남자 두 명이 탑승하더군요. 순간 섬뜩한 느낌이 든 게 어릴 적부터 35번 버스를 많이 타고 다녔지만 초장동에서 하차하는 사람은 봤어도 승차하는 건 그날 처음 봤거든요. 그리고 남자들이 승차할 때 기사님이 말씀하시던데 종점 가는 거 맞냐면서 다시 한 번 확인하시더군요. 기사님도 종점을 코앞에 두고 승차를 하니까 이상하게 생각한 듯 보였습니다. 남자 한 명은 제일 뒷좌석 또 한 명은 제가 앉아 있던 앞 좌석에 앉았는데 말 그대로 남자들에게 '앞뒤로' 둘러싸여 있는 모습이었죠.

그때 여자분이 본인 휴대폰에 글씨를 써서 보여주

더군요. 다음에 밥 한 끼 살 테니까 집 앞까지 데려다주면 안 되냐는 내용이었습니다. 뭐 어차피 종점에서 같이 내려야 해서 알겠다고 답했죠. 잠시 후 종점에 도착해 버스에서 내리려고 하는데 기사님이 말씀하시더군요. 버스 자동문이 고장 나서 직원을 불렀으니까 5분만 기다려 달라고 양해를 구하는 겁니다. 저는 여자분과 함께 자리에 다시 앉았고 그 남자들도 말없이 앉아 창밖을 보고 있었죠. 그렇게 직원이 오길 기다리고 있는데 5분이 지나도 아무도 오질 않는 겁니다. 그때 기사님이 이것저것 만지더니 문이 열리더라고요. 그리고 저와 여자가 내리고 그 남자들이 따라 내렸을 때 갑자기 뒤에서 시끄러운 소리가 들렸습니다.

뒤를 봤더니 남자 둘은 반대 방향으로 도망을 가고 있었고 무슨 일인지 어리둥절하고 있을 때 제 옆에 서 있던 여자도 도망을 가는 거였죠. 정말 순식간에 벌어졌던 일이라 정신이 없더군요. 그리고 자세한 내막은 버스 기사님께 들을 수 있었습니다. 기사님은 10년간 같은 노선을 운행했는데 막차 시간에, 그것도 초장동 정류장에서 승객이 승차하는 건 손에 꼽을 정도라고 말씀하셨죠. 버스에 승차하기 전 남자들이 서로 대화를 나누다가 승차하고 나서 각자 다른 곳에 앉아 있는 것도 수상했다고 하더군요. 그리고 결정적인 이유가 남자 중 한 명이 요금을 낼 때 우연히 보게 됐는데, 오른쪽 주머니에 손가락 두 개만 한 칼이 들어있다고 했죠. 기사님은 뭔가 사건이 일어날 거 같아서 신고를 하셨고 종점에 도착해서 경찰이 올 때까지 시간을 벌고 계셨던 겁니다.

기사님의 예감은 정확했고 알고 보니 그 일당들은 여자를 미끼로 납치를 벌이는 조직인데 전국 각지를 돌아다닌다고 하더군요. 만약 버스에서 내려 그 여자를 따라갔다면 전 어떻게 됐을까요? 생각만 해도 정말 소름이 끼칩니다. 요즘은 CCTV도 많아지고 치안이 강화돼서 예전보다 위험이 줄었지만 막차를 타고 갈 때나 또는 의도적으로 접근하는 듯한 사람이 있다면 정말 조심하시길 바랍니다.

문밖의 남자

제가 20년 전 겪은 소름 끼치는 사건입니다. 아직도 그 남자 목소리를 잊을 수가 없습니다. 그 당시 17살 고등학생 때 있었던 일입니다. 저는 부산 사직동 오래된 주공 아파트에 살고 있었죠. 가족 구성원은 아버지와 3살 많은 친오빠 그리고 저까지 3인 가족이었습니다. 엄마는 어릴 적에 돌아가셨고요. 그래서 그런지 식사 준비와 집 청소는 제 담당이었죠. 아버지는 건설 현장에서 일하셨는데 타지에 일이 있으면 장기간 집에 오지 못할 때도 있었습니다. 저희 집은 재개발 소문이 나오던 노후된 아파트라 인터폰도 없고 계단 전등도 고장 난 5층짜리 건물이었어요. 층수는 1층이었는데 방음이 안 돼서 주민들이 계단 올라가는 소리가 집안까지 들리곤 했죠.

사건은 아버지가 출장을 가고 오빠는 늦게 귀가하면서 시작됩니다. 아마 새벽 1시 정도 됐을 거예요. 자다가 누가 초인종을 누르길래 현관으로 가서 누구냐고 물었죠. 아파트 열쇠는 가족들이 하나씩 가지고 있었고 가족 외에는 초인종을 누를 일이 없습니다. 문밖에서 초인종을 누르다 문을 두드리고 결국 제 이름을 부르면서 문을 열어 달라고 하더군요. 그제야 오빠인 줄 알게 됐고 문을 열어줬죠. 오빠는 만취 상태로 거실에 쓰러져 잠이 들었습니다. 다음 날 아침 오빠는 어떻게 집에 들어온 지 모르겠다면서 기억이 안 난다고 하더라고요. 그런데 아파트 입구에서 싸움을 한 것 같다고, 그런데 그게 누군지 모르겠다고 했습니다. 그 일이 있고 나서 며칠이 지나 학교를 마치고 집에서 현관문을 열던 중 밖으로 나가려던 오빠와 마주쳤죠.

"미진아, 오빠는 오늘 친구 집에서 자고 올 거니까 문단속 잘해라."

그렇게 오빠는 친구 집으로 갔고 그날 밤 소름 끼치는 일을 겪게 됩니다. 그때 시간이 저녁 11시쯤 됐을 거예요. 저는 침대에 누워 책을 보고 있었는데 누가 현관문을 두드리는 겁니다. 순간 잘못 들었나 싶어서 귀를 기울이니까 저희 집 현관 앞에서 나는 소리가 맞더라고요. 아버지는 타지에 계시고 오빠는 친구 집에서 자고 온다고 했으니, 자정이 가까워지는 시간에 저희 집에 올 사람은 없었죠. 문밖에서는 리듬을 타듯이 문을 두드리는데 혼자 있어서 그런지 등골이 서늘하더군요. 조심스럽게 현관으로 가서 누구냐고 물어봤습니다.

"미진아, 오빠야. 문 좀 열어줘."

분명 친구 집에서 자고 온다던 오빠 목소리가 나는 겁니다. 오빠가 문을 열어달라길래 문고리를 만지다가 뭔가 느낌이 이상해서 곧장 오빠에게 전화를 걸었죠. 지금 집 앞이냐고 물으니까 무슨 소리 하냐고 친구 집이라고 하더라고요. 전화를 끊고 한참 동안 현관 앞에서 긴장한 채 있으니 오빠 목소리를 흉내 내며 제 이름을 몇 번 부르던 목소리가 잠잠해졌습니다. 다음 날 오빠에게 있었던 일을 이야기했고 오빠는 당분간 집에 있으면서 지켜보겠다고 하더군요. 그렇게 한 달 정도가 지났을 때 소름 돋는 남자의 정체를 알게 됩니다.

그날 밤도 오빠가 일이 있어서 밤늦게 외출을 하게 됐고 문단속 잘하라고 신신당부를 했죠. 그런데 오빠가 나간 지 10분도 안 돼서 초인종을 누르고 문을 두드리는 겁니다. 제 이름을 부르면서 말이에요. 그때 오빠에게 전화하려고 하는데 문밖에서 시끄러운 소리가 들리고 진짜 오빠 목소리가 났습니다. 문을 열었더니 오빠가 어떤 남자를 붙들고 경찰에 신고하라면서 저보고 다급하게 말하더군요. 경찰이 오자 그 남자는 스스로 자백했고 충격적인 말을 들었습니다. 그 남자는 저희 집 위층에 살고 있었는데 오빠가 술을 먹고 새벽에 들어왔던 날 현관에서 오빠와 다툼이 있었다고 합니다. 오빠가 술에 취해 비틀거리다 그 남자 어깨에 부딪혔고 죄송하다고 사과를 했는데 화가 풀리지 않았다고 하더라고요. 오빠가 제 이름을 부르고 현관을 두들기는 모습을 뒤에서 보고 오빠 목소리와 제 이름을 기억했다고 합니다. 그날부터 저희 집을 감시하고 있었고 현관에서 저와 오빠가 나눈 대화를 엿들으며 오빠가 친구 집에서 자고 온다는 이야기를 듣고는 그날 밤 찾아왔던 거였죠.

1차 계획이 실패하자 오빠가 집을 비우는 날만 기다렸다고 하더라고요. 그리고 2차로 찾아온 그날 밤, 밤늦게 문이 열고 닫히는 소리를 듣고 그 남자는 집 밖으로 나와 오빠가 걸어가는 뒷모습까지 확인하고 저희 집으로 다시 찾아온 겁니다. 오빠는 지갑을 두고 가서 다시 집으로 돌아왔는데 현관 앞에 서 있는 남자를 보고 소름이 돋았다고 하더군요. 어떤 남자가 저희 집 문 앞에서 제 이름을 부르면서 서 있었다고요. 그 남자는 오빠에게 화가 나서 복수하려고 했다던데 오빠보다 여자인 제가 만만해서 저에게 해코지하려고 결심했답니다. 그 남자는 문 앞에서 칼까지 들고 있었고요. 더 충격적인 건 그 남자 직업이 도축업자였는데 칼 쓰는 건 자신 있었겠죠? 처음 그 남자가 찾아왔을 때 의심 없이 문을 열었더라면 어떻게 됐을지 생각만 해도 너무 소름이 끼치네요.

아내의 배신

결혼을 얼마나 신중하게 생각해야 하는지 깨닫게
된 사건입니다. 정말 착했던 사람인데 믿을 수가 없습니
다. 이제 30대인 저는 5년 전 프리랜서로 일하고 있었습
니다. 업무를 하고 있던 도중 고등학교 때 친했던 친구
에게 연락이 왔죠. 동창 모임을 한다는 소식이었고 참석
가능하냐고 물어보는 연락이었습니다. 고등학교 때 절
친이었던 두 명의 친구가 있었는데 그 친구들을 만날 생

각에 약속을 잡게 되었죠.

며칠이 지나 약속 당일이 되어서 동창 모임에 나가게 됐고 오랜만에 친구들 얼굴을 보니 긴장도 되고 어색했지만 술을 한잔하면서 분위기는 금세 좋아졌습니다. 그런데 절친이었던 친구 두 명 중 한 명이 보이질 않았죠.

"야, 영식이는 안 와?"

그러자 몇몇 친구들이 조용히 시선을 피하더라고요. 그래서 왜 그러냐고 물어보니까 영식이는 사정이 있어서 참석을 못 한다며 전화했다고 하더군요. 알고 보니 며칠 전 처음 보는 번호로 부재중 전화가 들어왔었는데 그게 영식이 전화였던 거죠. 동창 중에 진우라는 친구가 있었는데 어릴 때부터 영식이와 가장 가까웠던 사이입니다. 그래서 진우에게 영식이는 어찌 지내고 있냐고 물어봤습니다. 그러니까 잠깐 밖에 가서 이야기하자고 하더라고요.

저는 정말 충격적인 이야기를 듣게 되었습니다. 영

식이네 형이 살인을 저지르고 교도소에 가게 돼서 그 친구 집안이 난리가 났다는 겁니다. 그 말을 듣고 충격을 받았지만 선뜻 믿을 수가 없었죠. 제가 기억하는 영식이 형은 조용한 성격에 어릴 때부터 효자라고 소문이 났던 사람이라 그런 사건을 저질렀다는 게 이해가 가지 않더 군요. 그리고 진우가 알고 있던 영식이 형 이야기를 듣게 되었죠.

영식이 형은 평범한 회사에 취업해서 일을 하고 있다고 합니다. 그러던 중 같은 부서 여자 직원이 영식이 형에게 고백했다고 했죠. 영식이 형은 여자 직원과 연인 관계로 발전하게 되었고 결국 결혼 약속까지 잡게 되었습니다. 영식이 형과 여자친구는 각자 부모님에게 인사를 드렸습니다. 영식이 형 부모님은 정말 기뻐하시며 좋아하셨다고 했지만, 여자 쪽 집안에서 영식이 형을 마음에 들지 않는다고 했다더군요. 그 이유는 평범한 직업을 가지고 있다는 거였어요. 영식이 형은 여자친구에게 이대로 결혼하는 게 맞는지 다시 한번 생각해보자고 솔직하게 터놓았고 여자친구는 결혼하면 그런 말 없어질 테니까 걱정 말라고 했다고 합니다.

여자친구 부모님의 반대로 결혼식이 미루어지기는 했지만 결국 결혼하게 됐다고 하더군요. 허락하는 대신 조건이 있었는데 그건 바로 영식이 형이 처가살이를 해야 한다는 것이었습니다. 그때까지만 해도 서로 사랑하면 행복할 줄 알았다고 했죠. 그런데 현실은 그게 아니었습니다. 신혼여행을 다녀와서 처가에 방문했는데 장모가 영식이 형을 불러 집안일을 시켰다고 하더군요. 반대했던 결혼을 했던지라 영식이 형도 장모 마음을 얻기 위해 노력했다고 했죠. 하지만 점점 힘들어지기 시작했습니다. 집안일은 기본이고 마트에서 장을 봐서 음식까지 하고 회사 출근을 해야 하니 편히 쉬지도 못했죠.

영식이는 형이 결혼해서 잘 지낸다고 알고 있었다고 합니다. 형이 그 집에서 노예처럼 지낸다는 생각은 꿈에도 몰랐고요. 그러다 정말 화가 나는 사건이 일어나게 됩니다. 영식이 형이 장을 보고 집으로 돌아오는데 영식이 형 아내가 다른 남자와 집 앞에서 대화를 나누고 있었습니다. 그 모습을 보고 뭔가 이상한 직감을 느껴 몰래 숨어서 지켜봤다고 합니다. 잠시 후 그 남자는 차를 타고 어디론가 가고 영식이 형은 급하게 집으로 들어가서 아내에게 추궁하듯 물었습니다.

"집 앞에 있던 남자 누구야?"

아내는 귀찮은 듯 이야기하는데 정말 어이가 없었다고 하더라고요. 부모님이 소개해 준 남자라고 아무 사이도 아니니까 오해하지 말라면서 오히려 화를 냈다고 했죠. 그 사건이 있고 나서 장모는 영식이 형을 불러 이야기했다고 합니다. 내 딸과 여기까지만 해달라고 돈은 충분히 줄 테니까 그만 헤어지고 다른 여자를 만나라고 했다더군요. 영식이 형은 어이가 없고 화가 났지만 침착하게 이야기했다고 합니다. 이혼할 생각은 없고 아내 또한 그 남자와 결혼할 생각이 없을 거라고요. 그러자 장모는 영식이 형 뺨을 때리며 남자가 여자를 위해서 이 정도도 못해주냐고 타박하기 시작했다고 합니다. 조그만 회사에서 쥐꼬리만한 월급으로 어디서 우리 집안을 넘보냐며 온갖 폭언을 했다고 했죠.

영식이 형은 장모와 다투고 나서 밖으로 나가 혼자 공원에 앉아 화를 삭이고 저녁이 돼서 집으로 들어갔는데 정말 충격적이었다고 하더군요. 집 안에는 장모와 장인 그리고 소개를 받았다던 남자가 앉아 있는 겁니다. 그 남자 옆에는 아내가 있었는데 스킨십을 하면서 웃고 있었다고 했죠. 장모는 집으로 들어온 영식이 형을 보고서 분위기 깨지 말고 조용히 나가라고 했다더군요. 영식이 형은 충격을 받아 집을 나갔고 다음날 아침 마트에서 칼을 구입해 집으로 돌아왔다고 합니다. 문을 열고 방으로 들어서자 소개를 받은 남자와 아내는 침대에서 자고 있었고 그걸 본 영식이 형은 그 남자를 살해하고 아내는 겁을 주며 팔과 다리에 상처를 냈다고 했죠. 장인 장모가 그 모습을 보고 경찰에 신고했지만 영식이 형은 장인 장모까지 살해했다고 합니다. 경찰이 왔을 때 집은 이미 난장판이었다고 하더군요.

이 사건으로 인해 영식이 형 아내는 정신과 치료를
받고 있다고 합니다. 영식이 부모님도 충격을 받아 입원
하셨다고 했죠. 결국 무기징역을 선고받게 되었고 영식
이가 면회를 갔을 때는 형의 눈동자가 반쯤 풀린 듯 제
정신이 아니었다고 하더라고요.

　여기까지가 진우가 들었던 이야기라고 합니다. 오
랜만에 친구들 생각이 나서 참석했던 동창 모임인데 너
무나 충격적인 이야기를 듣게 돼서 시간이 지난 지금도
기억에 남네요. 그 후로 지금까지도 영식이와 연락은 되
지 않습니다. 잘 지내고 있길 간절히 바라고 있습니다.

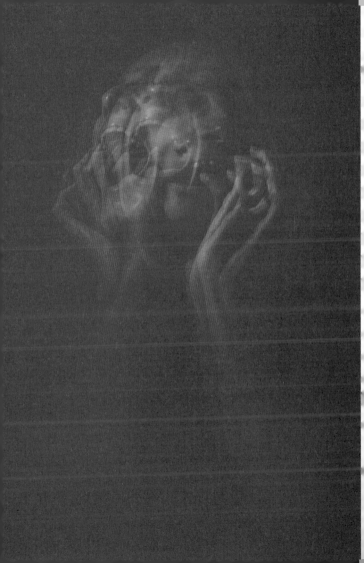

노래방의 비밀

지금부터 시작하는 이야기는 오래전에 겪었던 이야기입니다. 저는 50대 중반의 남자이며 현재는 사연 속의 장소와는 다른 곳에서 자영업을 하고 있습니다. 저는 경남 합천에서 태어나 학교를 졸업해 서울에서 직장을 다니던 중이었죠. 이름만 대면 알 만한 회사를 다니다가 권고사직을 당했습니다. 정확히 말하자면 제가 권고사직 대상인 건 아니었지만 저보다 연차가 오래되신 분은 하나같이 권고사직을 당했죠. 옆에서 보고 있자니 참 괴로웠습니다. 지방대 출신에 학연 하나 없는지라 몇 년 후, 아니 빠르면 내년 이맘때쯤 저에게도 사직 요청이 들어올 거라고 생각하니 회사에 정나미가 뚝 떨어지더 군요. "그래. 그만두라고 하기 전에 내가 먼저 그만두자" 라고 생각했습니다.

저는 친누나가 한 명 있었는데 가끔 누나를 만날 때 마다 회사 스트레스와 고민에 대해 터놓고 이야기했어 요. 그리고 몇 달 후 누나가 슬쩍 한마디 하더군요.

"정수야, 누나 친구 중에 정애라고 노래방 하는 거 알제?"

"어, 알지. 근데 왜?"

정애 누나는 저희 누나와 어릴 때부터 잘 알던 친구 사이라 저도 잘 알고 있었습니다.

"정애가 얼마 전에 교통사고가 났는데 노래방을 하 기가 힘들단다. 근데 나보고 해보란다. 장사가 잘되는 곳이라서 남한테 주기는 아깝다고. 근데 나한테 돈이 없다 아이가. 정수 네가 한번 해볼 생각 없나?"

"노래방……? 아무것도 모르는데 내가 어떻게 해."

"그건 걱정 말고. 누나가 틈틈이 어깨너머로 배운 게 있으니까 도와줄게."

그렇게 누나가 도와준다는 조건으로 생각지도 못하게 경기도 성남에서 노래방을 시작하게 되었습니다. 시간이 흐르고 장사가 익숙해질 때 즈음 직장 생활과 마찬가지로 힘은 들었지만 생소한 분야라 오히려 재미있더군요. 그리고 돈 버는 재미도 쏠쏠했고요. '이런 맛에 장사하는구나'라고 생각했죠.

순탄하게만 흘러갈 줄 알았는데 문제가 하나 생겼습니다. 노래방 운영을 만 5년 정도 했는데 재개발이 확정돼서 다른 곳을 알아봐야 했죠. 부동산을 찾아다니며 알아보던 중 시설이 깨끗하고 엄청 저렴하게 나온 매물이 있어서 이게 웬 황제인가 싶어 곧장 계약을 하고 서둘러 가게를 오픈했습니다. 그런데 잘될 거라는 기대감과 달리 영 손님이 없었어요. 가게 근처에는 유동 인구도 많고 상권이 괜찮은 곳이었는데 불구하고 이상하리만큼 손님이 없었죠. 어쩌다 손님이 와도 잠깐 놀고 가버리기 일쑤였고요. 노래방은 오래 놀아야 돈이 되거든요. 뭐, 아직 오픈한 지 얼마 되지 않아 그런 거라 생각했고 그동안 번 돈으로 유지하며 차차 단골을 만들면 곧 좋아질 거라 여기고 열심히 했습니다. 그 일을 알게 되기 전까진 말이죠.

처음엔 몰랐는데 오후에 와서 가게 문을 열면 이상한 냄새가 나는 겁니다. 노래방이 지하라 곰팡이 냄새가 난다고 생각할 수 있지만, 그것과는 또 다른 이상한 냄새……. 뭔가 썩어가는 냄새 같은데 생전 처음 맡아보는 냄새였습니다. 방향제도 뿌리고 돈을 들여 환기시설 공사도 새로 했지만 그 냄새는 없어지지가 않았어요.

그리고 노래방 운영을 하면서 자꾸 이상한 소리가 들리기 시작했습니다. 손님이 없는데도 쿵쿵거리며 뭔가 떨어지는 소리, 벽 속에서 희미하게 들려오는 싸우는 듯한 소리, 정작 소리 나는 곳을 가보면 아무 소리도 들리지 않았어요. 한 번은 아무도 없는 빈방에 그림자가 어른거려 나도 모르게 손님이 왔나 싶어 가보면 역시나 아무도 없었죠. 이해가 안 되는 일이 계속 일어나니 악몽에 시달리고 살도 15킬로그램 가까이 빠졌습니다.

저희 누나도 새 가게를 오픈한 후로 악몽에 시달리고 몸이 안 좋아져 더이상 못하겠다고 그만둬 버렸습니다. 저도 당장 가게를 접고 싶었지만 나름 큰돈을 들여서 오픈한 가게고 가족을 생각해서 애써 담담한 척 운영했죠. 부동산에 가게를 내놓고 권리금을 얼마라도 받자는 심정으로 하루하루 버티는 중이었습니다.

그러던 어느 날 한 손님이 오셔서 아주 충격적인 얘기를 늘어놓기 시작했습니다.

"사장님 되시나요?"

"아, 예. 맞습니다만."

"혹시 여기 지역 사람 아니시죠……?"

"예, 저는 경상도 사람이고 이 지역은 처음입니다."

"아이고 그러니까 여기에 가게를 얻었구먼."

"그게 무슨 말씀이십니까?"

"여기서 살인사건 난 거, 이 지역 사람은 다 아는데. 계속 닫혀 있다가 가게를 열었길래 한번 와본 거예요."

그 손님이 하시던 이야기에 따르면, 전 주인과 새 주인이 매매 대금 관계로 다툼이 벌어져 새 주인이 전 주인을 살해했다는 거였습니다. 그리고는 벽을 파서 시신을 은닉하고 시멘트로 벽을 매장 후 한동안 장사를 했다더군요. 전 주인의 며느리는 갑자기 시아버지가 집에 안 들어오니 경찰에 신고했고 조사 끝에 노래방 벽 속에서 시신을 찾았다고 하더군요.

그 순간 머리가 하얗게 되고 제발 꿈이길 바랐습니다. 아무리 생각해도 믿기질 않아서 곧장 경찰서로 가서 물어봤죠. 손님이 저에게 이야기한 내용은 사실이었고 이미 뉴스로도 검색이 되더라고요. 그제야 조금이나마 이해가 되더군요. 이상한 냄새며 싸우는 소리나 환영, 그리고 이해할 수 없는 일들이 말이죠. 저는 가게를 정리하게 됐고 현재는 다른 동네로 와서 다시 장사를 하고 있습니다. 비록 큰돈을 잃었지만 제가 잘 알아보지 않고 계약했으니 누굴 탓할 수도 없는 일이었지요. 다시 건강을 찾은 누나와 지금은 새로운 곳에서 열심히 일하고 있습니다. 오래전의 일인데도 그때 일을 생각하면 지금도 소름이 돋습니다.

나와 가장
친했던 친구

얼마 전 뉴스 기사에도 나왔던 사건입니다. 지금부터 10년 전쯤 제가 중학교 1학년 때였죠. 그 당시 저희 집은 충남 지곡면이라는 시골 마을에 살았습니다. 저는 형제 없이 외동으로 자랐고 그곳에서 모든 학창 시절을 보냈죠. 제 친구 태식이는 중학교 1학년 때 이곳으로 전학을 옵니다. 태식이의 첫인상은 아직도 기억이 생생해요. 친구들 앞에서 말 한마디 하기 힘들 정도로 내성적인 친구였거든요. 발표 시간이나 친구들 앞에서 뭔가 이야기를 해야 하는 상황이 오면 얼굴부터 귀까지 빨개지면서 엄청 힘들어했습니다. 그런 이유 때문에 태식이 별명은 홍당무였어요.

자신감은 부족하지만 친구를 배려하는 착한 친구였고 저는 태식이와 금방 친해지게 됐죠. 그러다 어느 날 태식이 집에 놀러 가게 됐고 태식이 방으로 들어갔는데 살짝 당황스러웠습니다. 제 나이 또래가 쓰는 방이라면 책상과 의자는 기본인 줄 알았는데 정말 아무것도 없었고 눈앞에 보이는 건 이불과 베게 밖에 없었어요.

"태식아, 여기서 잠만 자고 공부방은 따로 있는 거야?"

그 말을 듣고 태식이는 민망한 듯 입을 열었죠.

"사실은 나 할머니랑 둘이 살아. 부모님은 경기도에 계셔."

그런 사실을 알고 나서 저는 태식이를 챙겨주기 시작했어요. 솔직히 같은 학생 신분에 크게 해줄 수 있는 건 없었지만, 저희 집에 맛있는 음식이 있으면 일부러 태식이를 데리고 와 같이 먹곤 했죠. 어머니에게 말도 안 했는데 어떻게 아신 건지 모르겠는데 태식이가 할머니와 둘이 산다는 걸 알고는 자주 데리고 오라고 말씀하셨어요. 그렇게 중학교를 졸업하고 태식이와 같은 고등학교에 진학하게 됩니다.

고등학교 2학년 때쯤 태식이는 조금씩 달라지기 시작했어요. 정말 착하고 순했던 친구인데 어느 날부터 입에 담지 못할 욕을 하더라고요. 사회 분위기를 볼 때 10대 남자가 욕을 하는 게 크게 이상하다고 볼 순 없지만 태식이가 하는 욕들은 친구들에게 하는 것이 아니라 자기 부모님에게 하는 욕이었어요. 학교에서 뭔가 기분 나쁜 일이 있으면 "부모를 찾아가서 죽여버리겠다"거나 "책임도 못 지는 부모는 사람이 아니다"는 식의 말을 수도 없이 했죠.

저는 태식이와 절친 그 이상으로 가족처럼 지내는 사이였지만 지속적으로 그런 말을 들으니 저도 모르게 피하게 되더라고요. 그렇게 3학년 때는 수능 준비를 하느라 정신이 없었고 자연스레 태식이와 점점 멀어졌어요. 고등학교 졸업식 때 잠깐 마주쳤지만 서로 어색했던지 인사도 못하고 헤어지게 됐죠.

시간이 흘러 21살이 되던 해, 군 입대 영장을 받게 됐고 문득 태식이 생각이 나서 주변 친구들에게 소식을 물었습니다. 그 중 유일하게 태식이 근황을 알고 있는 친구가 있었는데 친구 말로는 태식이 아버지가 경기도에서 가구공장을 운영하시고 태식이는 거기서 일을 배우며 지낸다고 했죠. 그 말을 듣고 정말 다행이라고 생각했어요. 부모를 극도로 증오하던 친구가 아버지 밑에서 같이 일을 하고 있다는 건 서로 오해가 풀어졌다고밖에 볼 수 없었기 때문이죠. 저는 한결 가벼운 마음으로 입대를 했고, 그 후로 6년이 지나 제 생각이 틀렸다는 걸 알게 됩니다.

20대 후반 저는 보안 업체에서 근무하고 있었는데 처음 보는 번호로 전화 한 통이 오더라고요. 제 성격상

낯선 번호는 피하는 편인데 같은 번호로 계속해서 전화가 오는 겁니다. 그래서 전화를 받았어요.

"야, 오랜만이다. 잘 지내지?"

어디서 많이 듣던 목소리였고 한참 생각하다가 문득 태식이가 떠올랐죠. 예상대로 그 전화는 태식이었고 학교 동창들에게 제 번호를 물어 연락을 했다고 하더라고요. 그리고 태식이는 저에게 뭔가 할 말이 있는 듯 보였어요. 태식이는 뭔가 중요한 이야기를 하기 전 '어, 어……' 하면서 뜸을 들이는 습관이 있었거든요. 다른 친구들은 모를 텐데 저는 오랫동안 지켜봤기 때문에 알고 있었던 거죠.

"오랜만에 전화해서 이런 말 하기 미안한데……. 나 할 말이 있어."

무슨 이야기를 하나 싶어서 기다리고 있는데 그때 팀장님이 다급하게 저를 부르는 겁니다.

"태식아, 미안하다. 나 지금 일하는 중이라서 좀 있다 통화하자."

그렇게 서둘러 전화를 끊었고 그게 어떤 의미의 전화였는지 그땐 생각도 하지 못했죠. 퇴근하고 나서 태식이에게 전화했지만 전화기가 꺼져 있었어요. 며칠이 지나도 연락은 없었습니다. 그러다 한 달 정도 지났을 때 사건이 터지게 됐죠.

그날은 주말 저녁이라 집에서 쉬고 있는데 친구에게 전화 한 통을 받게 됩니다. 고등학교 동창이자 현재도 연락하는 민수라는 친구인데 전화를 받자마자 믿기 힘든 이야기를 하더군요. 태식이가 살인범으로 구속이 됐다는 이야기였습니다. 태식이는 아버지가 운영하는 가구공장에 불을 질러 아버지를 살해했다고 하더군요. 저는 태식이가 아버지 밑에서 일을 한다고 하길래 잘 지내는 줄 알았더니 그게 아니었습니다.

태식이는 아버지를 살해하기 위해서 구체적인 방법까지 검색하고 있었다고 했죠. 정말 소름 돋는 건 첫 시도가 아니라는 점입니다. 인터넷에 나와있는 방법대로 자동차 브레이크 호스를 절단해 교통사고를 계획했지만 미수에 그쳤다고 합니다. 첫 번째 계획에 실패하자 다음 날 오전 공장에 불을 질렀고, 화재로 인해 아버지는 사망하셨으며 태식이는 도망을 가다 결국 검거됐다고 하더군요.

민수에게 모든 이야기를 듣고 나서 너무 충격을 받았는지 한동안 태식이 생각밖에 나지 않았습니다. 그리고 문득 기억이 났던 건 한 달 전 태식이가 저에게 걸었던 전화. 무슨 말을 하려고 했던 건지 어느 정도 추측이 되더라고요. 만약 그때 제가 태식이 이야기를 들어주고 위로해줬더라면 결과가 달라졌을지도 모르겠습니다. 마지막으로 의지할 사람이 저라고 생각해서 힘들게 전화를 했을 거라 생각하니 마음이 좋지 않습니다. 그래도 살인은 정당화되지 않는 법이니 누구의 편도 들지 못할 거 같네요. 태식이란 친구는 앞으로 제가 살면서 평생 기억에 남을 것 같습니다.

구청에서 근무하며
겪은 이야기

공익근무요원으로 근무할 때 있었던 사건입니다. 저는 어릴 때부터 시력이 좋지 않았습니다. 남들처럼 일반 안경을 쓰는 게 아니라 제 눈에 맞춘 특수 안경을 써야 할 정도로 시력이 나쁜 편이었죠. 그 이유 때문에 신체 검사에서 4급 판정을 받아 공익근무요원으로 배치를 받게 됩니다. 사실 제 목표는 해병대였기 때문에 많이 아쉽기도 했어요. 그렇게 훈련소에 입소하여 4주간 훈련을 받고 경기도에 있는 구청 공익요원으로 근무를 시작했습니다.

그 당시 저는 21살이었고 저보다 먼저 근무하고 있던 상급자가 한 명 있었죠. 나이는 저보다 1살 많은 22살이었는데 키도 크고 덩치도 커서 보자마자 위압감이 드는 외모였습니다. 일반 현역병으로 근무하신 분들은 잘 모르시겠지만 공익요원에게도 나름 체계가 있었어요. 물론 지역마다, 근무지마다 다르지겠만 제가 근무했던 구청은 군대식으로 계급이 존재했답니다. 이병, 일병, 상병, 병장처럼 호칭이 있었고 기간에 따라 호칭을 바꿔 불러야 했죠.

구청에 발령받았을 때쯤 저보다 먼저 근무했던 상급자는 1년이 조금 넘은 때라 '상병님'이라고 불렀습니다. 처음 업무를 가르쳐 줄 때는 굉장히 무뚝뚝하고 표정이 무서웠지만 한 달 정도 같이 지내다 보니 먼저 장난도 걸고 농담도 많이 하더라고요. 그리고 본인을 '상병님'이라 부르지 말고 편하게 선배라고 부르라고 했죠.

그렇게 구청에서 같이 근무를 하다 어느 날 선배와 술 한잔을 하게 됩니다. 술을 마시다 이런저런 사소한 이야기를 나눴고 선배가 왜 구청에서 근무하게 됐는지 알게 됐죠. 선배는 학창 시절 씨름 선수를 꿈꾸고 있었는데 노력만큼 결과가 나오지 않아 씨름을 포기했다고 하더라고요. 그 후로 스트레스를 폭식으로 풀면서 감당할 수 없을 만큼 살이 쪘다고 말했습니다. 결국 과체중으로 공익근무 판정을 받게 됐지만 조만간 운동을 시작할 거라 하더군요. 저는 술을 마시며 선배를 위로해 줬고 2시간 정도 흐른 뒤 술집에서 나오게 됐죠. 그때 시간이 9시 정도 된 걸로 기억하는데 다음날 근무를 해야 해서 일찍 들어가 쉬고 싶은 생각이 간절했습니다. 그래도 상급자가 마무리를 지어줘야 편하게 들어갈 수 있을 거 같아서 선배 눈치만 보고 있던 중이었죠.

　　"아, 뭔가 아쉽다. 아쉬워."

　　선배는 이대로 들어가기 아쉽다며 2차를 가자고 부추기는 겁니다. 여기서 싫다고 할 수도 없는 노릇이고 앞으로 1년 가까이 같이 지내야 하는 상황이라 선배 말을 따르기로 했죠. 결국 선배와 들어갔던 곳은 노래 주점이었는데 언뜻 보기에 일반 노래방은 아니었습니다. 선배는 양주와 맥주를 시키고 나서 노래방 사장님에게 귓속말로 뭔가 이야기를 하더라고요. 잠시 후 노크 소리가 들리더니 도우미 아가씨 두 명이 들어왔고 선배와 저는 2시간을 놀다가 가게를 빠져 나왔습니다. 가게를 나오면서 마음이 편치 않았는데 노래방 술값 때문이었어요. 그 당시 기준으로 제 월급은 6만 원 정도, 선배는 8만 원 정도 하던 시절이었는데 두 시간 만에 월급에 몇 배를 쓰고 나오니 선배에게 너무 미안하다는 생각이 들었습니다. 그렇게 그날 선배와의 술자리는 마무리됐고 집으로 향했죠.

그 일이 있고 나서 얼마 지나지 않아 선배가 또 술을 먹자고 하더군요. 저는 그때 일이 떠올라서 "선배 2차는 가지 말고 간단하게 1차만 하면 안 되겠습니까?"라고 물었어요. 선배는 고개를 끄덕이면서 알겠으니까 얼른 가자고 했죠. 그 날은 한적해 보이는 호프집을 찾아 들어갔는데 밖에서 봤을 때와 전혀 달랐습니다. 생각보다 사람이 많아 앉을 자리가 없을 정도였고 선배와 저는 다른 곳으로 이동하려고 할 때 때마침 한자리가 생겨 그곳에서 한잔하게 됩니다.

술을 한잔 두 잔 먹다 보니 살짝 취기가 올라왔고 술집에서 조그만 사건이 일어나게 됐어요. 선배가 화장실이 급하다고 해서 술집 화장실로 향했는데 화장실 구조가 좀 특이했었죠. 지금은 그런 곳이 잘 없겠지만 옛날 화장실이라 그런지 남녀 공용 화장실이었어요. 남자는 소변기만 쓸 수 있었고 좌변기는 여자만 쓸 수 있는 구조였습니다. 선배가 볼일을 보고 있는데 어떤 여성분들이 화장실에 들어와 화장을 고치고 있었다고 했죠. 솔직히 처음 보는 여자들이 있는 곳에서 볼일을 보려니까 민망하다는 생각이 들어 주변을 보며 눈치를 보고 있는데 여자들이 웃으면서 이야기했답니다.

"뚱뚱하니까 냄새까지 심하네."

"나 같으면 쪽팔려서 저렇게 못 살겠다."

마치 들으라는 식으로 크게 말했고 선배는 화가 났지만 꾹 참고 자리로 돌아왔다고 했죠. 그리고 맥주 한 병을 더 마신 뒤 자리에서 일어났고 선배가 저번에 술을 산 게 마음에 걸려 제가 얼른 계산을 하고 나와버렸어요. 호프집을 나오자마자 선배가 말했어요.

"야, 그냥 가려고?"

선배 눈치를 보니 한 잔 더 하자는 말이었는데, 분명히 오기 전에 1차만 한다고 했음에도 불구하고 갑자기 말이 달라지더라고요. 저는 1차 술값이 생각보다 많이 나와 돈이 부족했던 상태라 선배에게 말했습니다.

"선배 제가 돈이 없어서요. 죄송합니다."

그러니까 웃으면서 따라오라고 했고 그날도 노래방에서 20만 원 정도를 쓰고 나왔습니다. 나중에 알게 된 사실인데 선배는 술만 먹으면 무조건 2차를 가야 하는 타입이었고 그것도 항상 여성 도우미가 있어야 했죠. 그때까지는 선배네가 잘사는 집안인가 보다 생각했고 별

대수롭지 않게 넘겼어요.

그렇게 순탄하게 지내던 중 정말 소름 끼치고 충격적인 사건이 일어나게 됩니다. 공익근무요원이 복무를 끝마치는 것을 소집해제라고 하는데 선배는 소집해제까지 3달 정도 남았을 때였죠. 비유하자면 떨어지는 낙엽도 조심해야 한다는 말이 나올 시기였습니다. 그런데 어느 날 선배는 갑자기 출근을 하지 않고 연락 두절이 되어버렸어요. 구청 담당자가 선배에게 수시로 연락하고 집까지 찾아갔지만 전화통화도 되지않고 집에는 아무도 없었다고 하더라고요. 선배는 일주일 동안 연락 두절이 됐고 결국 고소절차를 밟게 됐죠. 공익복무 기간 중 7일 이내 무단결근은 추가 근무로 채우면 되지만, 8일 이상이 되면 문제가 커지거든요. 제가 알기에 3년 이하의 징역형인가 그랬어요. 저는 너무 걱정돼서 빨리 돌아오길 바랐지만 선배는 한 달이 지났음에도 돌아오지 않았습니다. 경찰에 고소를 한다고 해도 1개월에서 2개월 가까이 걸리니 답답하지만 기다릴 수밖에 없는 입장이었죠.

그런데 얼마 후 선배의 소식을 듣게 됐고 믿을 수가 없었습니다. 선배는 살인 미수범으로 검거가 되었다고 했어요. 사건의 내막은 이렇습니다. 선배가 결근하기 하루 전날 집에서 컴퓨터 게임을 했었다고 합니다. 그리고 게임 안에서 어떤 여자와 채팅을 하게 됐는데 결국 그 여자와 만나기로 약속을 잡았다고 했죠. 선배는 어머니와 둘이 살고 있었고 평소 어머니 카드를 사용하고 다녔는데 선배가 물 쓰듯이 돈을 써서 어머니가 카드를 정지해버렸다고 합니다. 여자를 만나고는 싶은데 선배는 돈이 없는 상황이라 어머니에게 돈을 달라고 했다더군요.

"언제 철들래? 이번 달 카드값이 얼마나 나온 지 알아? 술만 마시고 다니니 그렇게 뚱뚱해지는 거야!"

문득 선배는 호프집 화장실에서 들었던 말이 생각나 주방에서 흉기를 꺼내 어머니를 찔렀다고 합니다. 무려 복부를 네 차례나 가격했고 어머니는 바닥에 쓰려졌다고 했죠. 그런데 어머니가 쓰러지면서 선배에게 이런 말을 했다고 해요.

"도둑 들었다고 할 테니까…… 빨리 도망가."

그 말을 듣고 형은 집을 나가버렸고 쓰러진 어머니는 친척들에게 연락해 강도가 들었다고 거짓말을 했다고 합니다. 형이 집을 빠져나간 뒤 어머니는 집안을 어지럽혀 강도가 든 것처럼 꾸미고 친척들이 도착해 경찰에 신고했다고 했죠. 어머니는 병원에 입원한 상태고 선배는 도망을 갔던 상황이라 구청 직원이 찾아갔을 때 집안에는 아무도 없었던 겁니다. 강도의 소행으로 마무리가 되는 것처럼 보였는데 아파트 CCTV에 수상한 점이 발견되었다고 하더군요. 그건 선배가 입고 있던 옷이 바뀌어 있던 점이었죠. 선배가 말하길 잠깐 외출하고 왔는데 강도가 들었고 어머니의 소식을 듣고는 곧장 병원으로 이동했다고 진술했는데 CCTV에 찍힌 옷차림과 병원에 나타난 선배 옷차림이 달라 의심을 받게 된 겁니다. 긴박한 상황에서 옷까지 갈아입고 병원으로 왔다는 게 경찰 측에서 의심이 들었던 거죠. 경찰은 선배를 추궁하던 중 결국 자백을 받았다고 합니다. 조사 중에 정말 소름 돋았던 건 선배에게 뚱뚱하다고 말하는 사람은 모조리 죽여버리고 싶다고 말을 했다더군요. 다행히 어머니는 수술을 받고 의식을 회복하셨고 치료만 잘 받으면 괜찮다고 들었어요. 선배는 평소 어머니 카드로 돈을 쓰고 다니면서 자기만족을 했던 것 같은데 어머니는 힘들게 그 돈을 갚았을 거라 생각하니 너무 안타까웠습니다. 어머니가 몸의 상처는 회복하겠지만 하나뿐인 아들에게 잊지 못할 마음의 상처를 받았으니 평생 힘들어하시겠지요.

괴들남 (김성덕)

유튜브에서 '괴담 들려주는 남자—괴들남' 채널을 운영하는 중이다. 구독자가 겪은 사연을 제보받아 영상으로 제작한다. 일상의 뒷면에는 우리가 모르던 소름 돋는 이야기가 숨어 있다. 많은 사람이 부정하지만 한 번이라도 경험하고 나면 인정할 수밖에 없는 이야기를 생생하게 전달하기 위해 오늘도 노력한다.

───────────

괴들남의 현실공포
❸ 낯선 여자의 위험한 초대

초판 1쇄 발행 • 2023년 4월 30일

지은이 • 괴들남(김성덕)
펴낸이 • 김동하

펴낸곳 • 부커
출판신고 • 2015년 1월 14일 제2016-000120호
주소 • (10881) 경기도 파주시 회동길 445 402호
문의 • (070) 7853-8600
팩스 • (02) 6020-8601
이메일 • books-garden1@naver.com
인스타그램 • www.instagram.com/thebooks.garden

ISBN 979-11-6416-152-2 (00810)